크렌스피
사가

과니 판타지 장편 소설

크렌스피 사가

4

황궁으로

뿔미디어

CONTENTS

†제1장†

크렌스피 영지의 현실

네이드빌 영주가 죽은 지도 벌써 1년이 지났다. 그사이 마르체나가 아이를 낳았다. 산모도 건강하고 아이도 건강했다.

마르체나가 낳은 아이는 사내아이였다. 그녀는 자신이 낳은 아이가 사내아이임을 확인하고는 뜨거운 눈물을 흘렸다.

죽은 네이드빌 영주의 핏줄이었다. 그리고 자이엔느의 보호를 받으며 크렌스피 영지의 후계자로 커 나갈 것이다.

그녀는 감정을 주체할 수 없었다. 그러나 그런 기쁨도 잠시뿐이었다. 레츠가 아이를 데려갔기 때문이다.

레츠는 냉정하게 마르체나의 품에서 아이를 빼앗았다. 그녀는 아이를 낳은 것으로 자신의 역할을 다한 것이었다.

더 이상 헛된 생각을 품도록 놔둘 수는 없었다. 조금이라도 틈을 보인다면 그녀는 분명 딴생각을 품을 것이 분명했다.

여자는 약해도 어머니는 강하다. 이런 격언도 있지 않은가.

뭔가 있는 척하는 그런 말이다.

레츠는 이런 류의 말에 극도로 거부 반응을 보인다. 그렇다고 무시하지도 않는다. 고대로부터 내려오는 교훈으로 현실을 반영하고 있기 때문이다.

남들보다 한발 앞서 움직이기 위해서는 상대의 행동 패턴을 파악해 둘 필요가 있다. 이때 격언이 큰 도움이 된다. 지금처럼 말이다.

레츠는 마르체나와 서로 합의를 이룬 상태였다. 서로가 만족할 만한 결과를 도출해 냈다. 하지만 완벽하게 마무리를 짓지는 못했다.

아이를 낳은 마르체나가 어떤 변덕을 부릴지 알 수 없었다. 앞으로의 행동을 예측할 수 없다면 아예 처음부터 마르체나가 딴마음을 품지 못하게 막아 버리면 되는 것이다.

"아이의 이름은 생각해 두었나?"

"아닙니다."

마르체나는 아직 아이의 이름조차 짓지 않았다. 아예 지을 생각조차 하지 못했다는 것이 정확했다.

"영애님은 네가 아이의 이름을 지어 주길 원하고 있다."

"영애님께서 말입니까?"

마르체나는 놀라고 있었다. 자신에게 아이의 이름을 지으라고 할 줄은 꿈에도 몰랐다.

보통 양자로 아이를 들일 때는 아이의 친부모와의 관계를 끊는 것이 보편적이었다. 그런데 자이엔느는 마르체나와 아이의 관계를 끝까지 이어 주려 하고 있었다.

자이엔느는 마르체나가 아이를 낳았다는 소식에 이름을 지으려고 했었다. 그러나 아무리 생각해 봐도 자신보다는 마르체나가 이름을 짓는 것이 맞았다.

자이엔느가 레츠를 찾아가 부탁했다. 아이의 이름은 마르체나가 지을 수 있게 배려해 주자고 말이다.

"나도 딱히 반대할 생각은 없다. 네 아이이니 이름 또한 네가 짓는 것이 당연하지."

레츠의 말에 마르체나가 강하게 고개를 저으며 반대했다.

"제 아이가 아닙니다. 소영주님과 영애님의 아이입니다. 앞으로도 절대 제 아이라고 하지 마십시오."

마르체나는 독한 마음을 품고 레츠를 대하고 있었다. 낳은 지 얼마 되지도 않는 아이를 떠나보내려 하고 있었다.

"아직은 아니다. 아직은 내 아이가 아니다. 내가 무슨 말을 하고 있는지 알고 있겠지."

"……."

너무나 잘 알아들었다. 그래서 문제였다. 마르체나의 기분이 급격히 우울해지고 있었다.

"알아들었다고 여기겠다."

레츠가 마르체나를 뒤로하고 밖으로 빠져나갈 때, 마르체나의 힘없는 목소리가 들렸다.

"레이진 크렌스피. 아이의 이름은 레이진 크렌스피입니다."

"그래? 좋은 이름이군."

레츠는 그저 감정이 메마른 목소리로 차갑게 말하고는 그곳을 떠났다.

레츠가 마르체나의 품에서 아이를 떼어 놓은 이후에 그녀는 별다른 움직임을 보이지 않았다. 그러나 그녀에게는 이보다 더한 위협은 없었다.

레츠가 직접 말을 하지 않았지만 마르체나에게 경고하고 있었다. 스스로 처신을 잘하라고 말이다. 만약 딴마음을 품는다면 아이의 목숨을 장담할 수 없다고 말이다.

죽는다는 공포는 생각보다 끔찍했다. 그리고 그로 인해 아이의 얼굴을 다시는 보지 못한다는 생각이 몸서리쳐질 정도로 싫었다.

아이를 보고 싶었다.

마르체나가 참지 못하고 난동을 부리는 것은 어쩌면 너무도 당연했다. 하지만 아무것도 달라지는 것은 없었다.

마르체나가 난동을 부리면 부릴수록 레츠의 시선은 더욱 차가워질 뿐이었다.

더 이상 레츠를 자극하는 것은 위험했다. 마르체나가 아이의 안전을 위해 선택할 수 있는 것은 한 가지뿐이었다.

마르체나는 날씨가 화창한 어느 날 이제 갓 태어난 아이를 뒤로하고 그렇게 세상을 등졌다. 그녀가 죽고 며칠 후 네티가 사내아이를 낳았다.

레츠는 가신들이 찾아왔다는 소리에 자이엔느와 같이 그들을 맞이하러 응접실로 나왔다. 자이엔느는 품에 마르체나가 낳은 아이를 안고 있었다.

그녀의 품에 있는 아이를 가장 먼저 발견한 란스 자작이 자리에서 일어나 물었다.

"영애님. 품에 안고 계신 아이가 이번에 태어난 아이입니까?"

"그렇습니다. 너무도 사랑스럽지 않나요?"

자이엔느가 자애로운 미소로 아이를 바라보았다. 보면 볼수록 사랑스러운 감정이 샘솟았다.

정말 깨물어 주고 싶을 정도로 귀엽고 사랑스러웠다. 가신들의 반응도 그녀와 다르지 않았다.

"꺄르르르."

"어머. 어쩌면 이리도 웃는 모습이 소영주님을 쏙 빼닮았을까."

"그러게 말입니다. 완전 판박이가 따로 없습니다."

아이의 천진난만한 웃음소리가 가신들의 마음을 단번에 사로잡았다.

"레이진이라고 이름 지었다."

레츠가 정식으로 가신들에게 레이진을 소개했다.

레이진 크렌스피.

네이드빌 영주와 마르체나 사이에서 나온 사내아이로, 가신들을 포함해 영지의 모든 이들이 레츠와 자이엔느의 아들이라고 알고 있는 아이였다.

레이진은 태어나고 3개월이 지난 지금에서야 처음으로 가신들 앞에 그 모습을 드러냈다. 지금까지는 레츠가 의도적으로 숨겨 왔었다.

마르체나가 자살한 이후 자이엔느의 애원에 더 이상 버티지 못하고 가신들에게 첫 모습을 보이는 것이다.

"내가 영주에 오르는 그 순간, 레이진은 나의 뒤를 이어서 영지의 소영주로 내정될 것이다. 이는 그 어떤 상황에서도 변하지 않을 것이며 레이진은 앞으로 철저한 교육을 받으며 후계자로서 자라게 될 것이다."

"목숨이 다하는 그 순간까지 소영주님의 명령을 따르겠습니다."

레츠의 선언이 떨어지는 그 순간 4대 가신 전부 그 자리에서 한쪽 무릎을 꿇고 고개를 숙이며 맹세했다.

자이엔느는 레이진이 차기 후계자로 내정되는 순간을 지켜보며 감정이 복받쳐 올라 눈가에 눈물이 고였다.

그녀는 아무도 모르게 눈물을 닦았다. 드디어 레이진의 목숨을 지켜 낸 것이다. 그 누구의 도움도 없이 자신의 노력으로 말이다.

자이엔느가 마르체나의 갑작스런 자살로 상당한 충격을 받은 것은 사실이었다. 마르체나를 지켜 주고 싶었는데 그러지를 못했다.

마르체나는 끝내 지켜 내지 못했지만, 레이진만은 무슨 수를 써서라도 지켜 내고 싶었다. 그것이 자살을 택한 마르체나를 위하는 길이라고 믿었다.

자이엔느는 마르체나가 자살을 선택할 수밖에 없었던 이유를 어느 정도 짐작할 수 있었다.

이제 갓 태어난 자식을 위해서, 레이진의 앞날을 위해서 스스로 죽음을 선택한 것이었다.

레이진은 네이드빌 영주와 마르체나의 자식이 아니라 레츠와 자이엔느의 자식이어야 했다. 그래야 레이진이 살 수 있으며, 훗날에는 영지의 후계자까지 될 수 있다.

레이진의 앞날을 위해 마르체나 스스로가 죽음을 선택한 것이라고 자이엔느는 그렇게 생각했다.

만약 자신이 힘이 있었다면 마르체나를 지켜 줄 수도 있었다는 생각이 하루에도 몇 번씩이나 자이엔느의 가슴을 후벼팠다.

자이엔느는 크렌스피 영지에서 자신의 입지가 상당히 약하다는 것을 알고 있었다.

어느 누구도 자이엔느의 부탁을 거절하지는 않았지만, 실질적으로 영지의 운영과 결부된 상황에서는 모두 난색을 표하고 있었다.

마르체나를 살려 달라고 그렇게 애원을 했는데, 레츠는 자이엔느의 말에 귀 기울이지 않았다. 가신들도 마찬가지였다. 그들은 시도 때도 없이 마르체나를 죽여야 한다고 주장했다.

자이엔느가 아무리 소리치며 마르체나를 가만히 놔두라고 애원해도 소용없었다.

힘이 필요했다. 이제는 자신의 의사와는 관계없이 사람이 죽는 모습을 보고 싶지 않았다. 그러기 위해서는 힘이 필요했다.

레이진을 크렌스피 영지의 후계자로 키우기 위해서는 힘이 필요했다.

자이엔느가 지금 어떤 다짐을 하고 있는지도 모른 채 가신들은 레이진의 탄생과 후계자로의 내정을 환영하고 있었다.

가신들도 레이진이 후계자로 내정된 것에는 불만이 없었다. 후계자 내정은 빠르면 빠를수록 좋았다.

가신들은 이처럼 빠른 시일 내에 후사를 이었다는 사실에 크렌스피 가문에 축복이 내렸다고 여길 정도였다. 그만큼 크렌스피 가문은 손이 귀했다.

자이엔느가 레이진을 안고 돌아간 이후, 레츠는 본격적으로 가신들과 향후 일정에 대해 이야기를 나누었다.

"영지의 전력을 지금의 3배 이상으로 증가시킨단 말씀입니까?"

"그렇다."

레츠는 테일 남작에게 영지의 전력을 3배로 증가시키고 싶다고 말하는 중이었다.

영지의 전력을 3배로 증가시킨다. 이는 절대 쉬운 일이 아니었다. 아니, 불가능에 가까운 일이었다.

테일 남작은 현재 크렌스피 영지가 보유하고 있는 전력을 떠올려 보고는 고개를 가로저었다.

아무리 생각해 봐도 불가능한 일이었다. 아니, 오히려 현재 수준을 꾸준히 유지시키기도 힘든 게 현실이었다.

"크렌스피 영지는 제국의 여러 백작가문 중에서도 손에 꼽을 정도의 전력을 보유하고 있습니다."

"알고 있다."

레츠도 알고 있는 사실이었다.

"영지의 전력을 3배 이상 증가시킨다는 것은 제국의 후작가문, 아닌 어쩌면 공작가문에 비견될 정도의 전력을 보유한다는 의미입니다."

"그렇다. 내가 원하는 것이 바로 그것이다."

레츠는 무력이 강하면 강할수록 뒤따르는 권력 또한 매우 달콤하다는 사실을 알고 있었다. 그의 눈이 탐욕으로 번들거리기 시작했다.

테일 남작은 그런 레츠를 보며 한숨을 깊게 내쉬었다. 전력 증강은 쉽게 생각할 문제가 아니었다.

크렌스피 영지가 제국의 백작가문들 중에서 손에 꼽히는 무력을 보유한 것은 다른 특별한 이유가 있는 것이 아니었다. 그저 다른 백작가문보다 더 많은 예산을 군비로 지출했기 때문이다.

크렌스피 영지에서 사용되는 일 년 총예산 중에 적게는 40%에서 많게는 60%까지 군비로 사용해 왔기에 다른 백작가문을 뛰어넘는 무력을 보유할 수 있었던 것이다.

"10명의 영지민이 있어야지, 병사 1명을 운용할 수 있습니다. 기사는 이보다 더 높아서 최소 영지민 100명 이상이 일을 해야지만 기사 1명을 운용할 수 있습니다."

"그것 또한 알고 있다."

레츠는 이 또한 알고 있었다. 그리고 전력을 증강시키기 위해 필요한 금액 또한 이미 산출해 놓은 상태였다.

레츠가 확신하고 있었지만, 테일 남작은 그와는 다르게 여기고 있었다.

"3배입니다. 3배! 소영주님이 원하시는 대로 영지의 전력을 끌어올리기 위해서는 기본적으로 영지의 인구수 또한 기존의 3배 이상으로 늘려야 합니다."

테일 남작이 레츠를 향해 목소리를 높였다. 그만큼 레츠가 하는 말이 너무도 황당했기 때문이다.

영지민의 숫자를 늘리는 것은 정말 불가능한 일이었다. 다른 곳에서 이주민을 받지 않은 이상 영지민의 증가는 불가능했다.

레츠는 테일 남작이 뭐라고 말을 하건 한 귀로 듣고 한 귀로 흘려보내고 있었다. 가신들이 반대할 것은 이미 예상했던 일이었다.

자신이 세운 계획을 그대로 밀어붙이려 하고 있었다. 내가 결정한 일이니, 가신들은 무조건 따라 줘야 한다는 것이다.

레츠의 독선적인 성격이 밖으로 표출되고 있는 것이다. 그 옛날 테일 남작이 레츠를 반대했던 이유가 여기에 있었다.

테일 남작은 혼자서는 레츠를 설득할 수 없다는 것을 깨닫고는 옆에 있는 란스 자작을 바라봤다. 자신을 도와 레츠를 설득해 달라는 것이었다.

테일 남작의 보이지 않는 재촉에 란스 자작이 레츠의 눈을 바라보며 말했다.

"소영주님. 전력 증강을 원하시는 이유가 무엇입니까?"

란스 자작은 가능성 여부를 떠나서 레츠가 전력 증강을 원하는 이유를 알고 싶었다. 뜬금없이 평화로운 시기에 왜 전력 증강을 원하는지 말이다.

"크렌스피 영지가 제국 귀족들에게 무시를 당하고 있기 때문이다."

레츠의 설명은 너무도 간단했다. 간단하다 못해 장난치는 것으로 보일 정도였다.

"그게 무슨 소리입니까? 감히 누가 영지를 무시한다는 것입니까?"

테일 남작이 발끈해 일어서며 목소리를 높이자 란스 자작이 이를 제지시켰다.

테일 남작이 란스 자작을 향해 강한 의문을 던졌다. 왜 자신을 막아 서냐고 말이다.

테일 남작이 강하게 반발하고 있었지만 란스 자작은 이를 무시하며 레츠의 눈을 계속 바라보고 있었다.

"소영주님. 어째서 그런 생각을 가지게 되셨습니까? 제국 내에서 우리 영지를 무시할 수 있는 귀족은 많지 않습니다. 아니, 존재하지 않는다고 봐도 무방할 것입니다."

란스 자작은 레츠에게 차근차근 따져 물을 생각이었다. 레츠가 실질적으로 영주의 자리에 오른 이후 공식적으로 꺼낸 말이었다.

아무리 얼토당토않은 말이라 해도 그 말에 무게가 실리지 않을 수 없었다. 테일 남작처럼 강하게 반대하는 것은 옳지 않은 행동이었다.

레츠의 독선적인 성격이 영지에 나쁜 영향을 끼칠 수도 있었다. 레츠를 달래며 차근차근 설득해 나갈 작정이었다.

테일 남작처럼 강하게 반발해서는 레츠의 성격을 자극할 뿐이었다. 이때는 돌려 말하며 레츠를 설득하는 것이 최선이었다.

레츠는 그저 우스울 따름이었다.

그도 란스 자작과 똑같은 생각을 하던 시기가 있었다. 제국의 어느 누구도 크렌스피 영지를 무시할 수 있는 자가 없을 것이라고 말이다. 그러나 그건 엄청난 착각이었다.

우물 안 개구리와 똑같은 착각 속에 빠져 있었던 것이다.

제국의 여러 백작가문 중에서 무력으로 첫손에 꼽힌다는 사실에 스스로 만족하고 안주하고 있었던 것이다.

현실은 제국 귀족들 사이에서 철저하게 외면 받고 있었는데 말이다.

레츠는 한편으로는 가신들의 이런 반응을 이해할 수 있었다. 그도 영지 최고의 자리에 오르고 난 뒤에야 바라볼 수 있는 현실이었기 때문이다.

"잉그리안 자작. 황궁에 네이드빌 영주님의 부고를 알린 지 며칠이 지났는가?"

레츠의 갑작스런 말에 잉그리안 자작의 표정이 급격하게 굳어졌다.

"1년 정도 지난 것 같습니다."

"그렇다. 1년이란 시간이 지났다. 그런데도 가신들은 뭔가 이상하다는 생각이 들지 않는가?"

레츠의 지적은 가신들도 은근히 신경 쓰이던 부분이었다. 아니다. 다른 어떤 일보다 심각하게 생각하고 있던 일이었다.

보통은 3개월이면 차기 영주 임명식이 완료되어야 정상이었다. 그런데 1년이란 시간이 지나고도 아직 아무런 연락도 없었다.

레츠가 영주에 입명되었어도 예전에 되었어야 했다.

"조금은 이례적인 일이기는 하지만, 임명식이 늦어졌던 일도 있었습니다."

잉그리안 자작이 조심스레 말을 꺼냈다.

보통 3개월이면 임명식이 완료되지만, 3개월을 넘긴 전례가 없었던 것도 아니었다. 잉그리안 자작은 그 점을 레츠에게 상기시키고 싶었다.

잉그리안 자작은 레츠의 영주 임명식이 늦어지면 늦어질수록 그 책임을 혼자 감당해야 하기에 요즘 들어 여간 골치 아픈 일이 아닐 수 없었다.

"잉그리안 자작, 정말 그렇게 생각하나?"

레츠가 노골적으로 물어 오자 잉그리안 자작은 적지 않게 당황하고 있었다.

"그, 그렇습니다. 이제 곧 황궁에서 연락이 올 것입니다."

이 일은 전적으로 잉그라안 자작의 책임이다. 그런 상황에서 레츠가 직접적으로 그 이야기를 꺼내니 자연스럽게 행동이 위축될 수밖에 없었다.

잉그리안 자작은 이마에서 흐르는 땀을 닦을 정신도 없이 레츠의 질문에 변명하기 바빴다.

"훗! 나는 잉그리안 자작의 생각과 다르다. 네이드빌 영주님이 죽은 지도 벌써 1년이나 지났다. 그런데도 아직까지 황궁에서 별다른 반응을 보이지 않고 있다. 이래도 아무 문제가 없다고 할 수 있는가?"

"하지만 소영주님."

잉그리안 자작이 다시 한 번 말을 꺼내려고 하자 레츠가 곧바로 손을 들어 제지시켰다.

잉그리안 자작의 속이 시커멓게 타들어 가고 있지만 이는 레츠의 관심 밖이었다.

"어쩌면 잉그리안 자작의 말처럼, 이제 곧 황궁에서 연락이 올지도 모른다. 그러나 그렇다고 해도 이미 많은 시간이 흘러갔음을 부인할 수 없을 것이다. 그 이유가 어찌 되었던 간에 우리 영지는 1년이란 시간 동안 영주가 존재하지 않았다."

"……."

레츠의 말에 잉그리안 자작은 조용히 입을 다물 수밖에 없었다. 아무런 반박도 할 수 없었다.

임명식이 늦어지면 늦어질수록 레츠의 명예가 손상되는 것은 물론 크렌스피 영지 전체가 다른 귀족들로부터 무시당하고 있다는 반증이었다.

더군다나 레츠가 철저하게 크렌스피 영지를 이끌어 간다고 하더라도 분명 한계가 존재했다. 바로 그의 신분이 문제였다.

영지 내에서 발생하는 여러 가지 문제들에 대해서는 레츠가 알아서 처리할 수 있었다. 하지만 영지 밖에서 발생하는 일들에 대해서는 레츠의 신분으로는 한계가 존재했다.

영지와 영지 간의 관계. 그리고 크렌스피 영지와 황궁 간의 관계가 그것이었다.

벌써부터 황궁과의 관계가 단절된 것과 마찬가지인 상황이 벌어지고 있었다. 네이드빌 영주가 죽고 영주 자리가 공석이 되었다는 이유 하나만으로도 말이다.

황궁에서 먼저 연락이 오기 전에 어떤 조치도 할 수 없는 상황이었다. 더군다나 앞으로 어떤 문제가 발생할지는 아무도 모르는 것이다.

문제가 발생하지 않길 바라야겠지만, 혹시라도 문제가 발생한다면 생각하기도 싫은 상황으로 발전할 가능성이 높았다.

레츠의 신분으로는 타 영지와의 마찰을 해결하기에는 상당히 부담스러운 것이 사실이었다.

"지금 내가 하는 말은 잉그리안 자작을 타박하기 위해서 하는 말이 아니다. 크렌스피 영지의 현실을 말하기 위해서 꺼낸 말이다."

책임을 추궁하지 않는다는 말에 잉그리안 자작이 저도 모르게 한숨을 내쉬었다. 그때 레츠의 말에 관심을 나타낸 것은 에이드 남작이었다.

"크렌스피 영지의 현실을 말입니까?"

에이드 남작은 레츠가 크렌스피 영지를 어떻게 바라보고 있는지 궁금했다.

"황제 폐하의 명으로 몬스터랜드를 방어하기 위해 만들어진 영지 중에 하나가 크렌스피 영지이다. 그러나 제국의 변방에 위치해 있는 영지라는 이유로 제국 귀족들로부터 철저하게 외면당하고 있는 것이다."

"크렌스피 영지가 변방에 위치해 있다는 이유만으로 소영주님의 임명식이 늦춰지고 있다는 말씀입니까?"

테일 남작은 조금은 황당하다는 표정으로 레츠를 바라봤다.

뭔가 거창한 이유가 나올 것이라 생각하고 있었던 것이다. 하지만 테일 남작과는 다르게 에이드 남작은 이를 심각하게 받아들이고 있었다.

"역시나."

에이드 남작 또한 레츠와 비슷한 문제로 고민했던 적이 있었다. 레츠가 지금 그 문제를 거론하자 저도 모르게 공감하고 있었다.

에이드 남작이 무언가를 알고 있다고 여긴 테일 남작이 에이드 남작에게 물어보려는 순간 레츠의 설명이 이어졌다.

"크렌스피 영지가 제국의 백작가문들 중에서는 손에 꼽히는 군사력을 보유하고 있는 것은 사실이다. 하지만 영지의 군사력이 강하다고 권력까지 강한 것은 아니다. 나는 앞으로도 계속 영주 임명식이 늦춰질 것이라 여기고 있다. 그 기간이 어쩌면 2년을 넘어 3년여의 시간이 걸릴 수도 있다고 예상하고 있다."

"말도 안 됩니다! 소영주님의 짐작대로 저희가 황궁으로부터 외면을 받고 있다고 하더라도 3년이라는 시간은 억측일 뿐입니다."

레츠의 말이 끝나기가 무섭게 테일 남작이 자리에서 일어나 반대 의견을 제시했다. 하지만 레츠는 강하게 고개를 가로저을 뿐이었다.

말도 안 된다. 그러지 않을 것이다. 등등 현실을 부정해서는 문제 해결에 아무런 도움이 되지 않는다.

"현실은 언제나 냉정한 법이다. 막상 일이 벌어지고 난 이후의 대처는 아무런 소용도 없다는 것을 잘 알고 있을 것이다."

벌써 1년이란 시간 동안 황궁으로부터 외면 받고 있었다. 이는 누가 봐도 잘못된 일이란 사실을 알 수 있을 것이다. 그러나 크렌스피 영지에 있는 그 누구도 이를 바로잡을 수 없었다.

"하지만."

테일 남작은 레츠의 말에 반박하고 싶었다. 그러나 입안에만 맴돌 뿐 밖으로 빠져나오지는 못했다.

크렌스피 영지의 군사력은 강하다. 이는 누구도 부인할 수 없는 사실이다. 하지만 역설적이게도 크렌스피 영지는 군사력만 강할 뿐 권력에서는 철저하게 외면 받고 있는 상황이었다.

이런 상황에서 제국 귀족들이 권력은 없고 군사력만 강한 크렌스피 영지를 탐탁지 않게 여기는 것은 어쩌면 당연한 일이었다.

크렌스피 영지가 황제의 명으로 몬스터랜드를 방어하고 있기에 대놓고 반감을 드러내는 귀족은 없었다.

권력으로부터 외면 받고 있는 크렌스피 영지가 매번 자신들의 영지보다 먼저 손에 꼽히는 현실을 못마땅하게 여기는 것이다.

레츠가 영주로 임명되기 전까지 크렌스피 영지에 반감을 가지고 있는 귀족들이 영주의 공석을 틈타 영지 흔들기에 나서고 있는 것이 분명했다.

레츠는 이 점을 지적하고 나선 것이다. 임명식이 늦춰지는 다른 이유가 존재하고 있다고 말이다. 그리고 그런 그들의 뜻에 따라 크렌스피 영지가 흔들릴 수밖에 없는 현실 또한 지적하고 있는 것이다.

레츠의 독선적인 결단을 철회하기 위해 가신들이 그를 설득하려고 했지만, 이제는 오히려 가신들이 레츠에게 설득당하고 있었다.

"다시 한 번 말하지만, 현실을 냉정히 바라봐야 한다. 지금까지 크렌스피 영지는 황제 폐하의 명령을 충실하게 이행해 왔다. 그러나 그런 우리에게 돌아오는 것은 귀족들의 조롱과 멸시뿐이다."

레츠의 의견을 경청하고 있던 테일 남작이 조심스레 질문했다.

"누군가 뒤에서 조종하는 이가 있다는 말씀이십니까?"

테일 남작의 목소리에는 믿지 못하겠다는 느낌이 강하게 풍겼다.

레츠의 설명에 돌아가는 분위기가 심상치 않다는 것을 느낄 수 있었다. 그러나 이와 같은 현실을 절대 받아들일 수 없었다. 그동안 크렌스피 영지가 어떻게 행동해 왔는데, 이제 와서 이런 대접을 받을 수는 없었다.

"분명 존재하고 있다. 그렇지 않다면 지금의 상황을 설명할 수 없다. 더군다나 앞으로 얼마 동안 우리가 이렇게 손 놓고 당하기만 해야 하는지 알 수조차 없다. 우리가 부당한 대우를 받고 있다고 어디 가서 따질 수도 없다는 것이다. 이것이 작금의 현실이란 말이다."

부당한 대우를 받고 있으면서도 아무런 반박도 할 수 없는 상태. 이것 하나만으로도 크렌스피 영지의 현실을 말해 주고 있었다.

"누구인지 밝혀내야 하지 않겠습니까?"

테일 남작이 강한 적의를 드러내며 말했다. 이대로 앉아서 당할 수는 없었기 때문이다.

자신이 조금 전까지 레츠의 의견에 반대했었던 것과는 다르게 이제는 적극적으로 나서고 있었다.

"어떻게 밝혀낼 생각인가? 우리가 직접 황궁으로 찾아갈 수도 없고, 그렇다고 우리 대신 황궁의 소식을 전해 줄 인물도 없는데 말이다."

"……."

가신들은 아무런 말도 할 수 없었다.

지금 크렌스피 영지의 가장 큰 문제는 황궁과 연락할 수단이 없다는 것이었다. 그게 가장 큰 문제였다.

황궁으로 직접 찾아갈 수도 있었다. 그러나 황궁에 입궁하는 절차가 상당히 까다로웠다. 백작가문으로서 그 모든 것을 감내한다는 것은 스스로 채면을 깎아내리는 행위였다.

"우리는 힘을 가지고 있다. 그러나 그 힘으로도 해결할 수 없는 문제가 발생했다. 그렇다면 우리는 어떻게 대처해야 할까? 그냥 이대로 현실에 안주해야 하나? 아니다. 나는 절대 그렇게 하고 싶지 않다. 가지고 있는 힘이 부족하다면 그 힘을 키워서라도 우리 스스로 문제를 해결해 나가야 한다."

레츠가 낮지만 힘이 느껴지는 목소리로 가신들을 설득하기 시작했다. 가신들의 가슴에 불을 지피려는 것이다.

"언제까지 우리가 이런 대우를 받으며 지내야 하는 것인가? 언제까지 우리가 다른 귀족에게 멸시를 받아야 하는가?"

레츠의 입을 통해 계속 멸시를 받고 있다는 말을 듣게 되자 가신들도 설마 하는 생각이 강하게 들었다. 그 이유 말고는 임명식이 늦어지는 이유를 설명할 수가 없었다.

"만약. 정말 만약에 소영주님의 말씀처럼 뒤에서 조종하는 이가 존재한다면 이대로 넋 놓고 당할 수만은 없습니다."

란스 자작의 두 눈에서 불꽃이 튀었다. 그도 테일 남작과 마찬가지로 누군가의 손바닥 위에서 놀아나고 있다는 생각만으로도 참을 수 없는 분노를 느꼈다.

"나를 믿어라. 분명 황제 폐하의 뒤에 모습을 감추고 이 모든 일을 꾸민 자가 존재한다."

레츠가 확신에 찬 대답을 했다. 그 모습이 가신들의 마음에 불을 지피는 결정적인 계기로 작용했다.

레츠는 몰랐지만 크렌스피 영지와 황궁 사이를 연결해 주는 자가 존재했다. 그러나 그것도 네이드빌 영주의 죽음으로 사라져 버리고 말았다.

끊어져 버린 인연에 매달릴 수는 없다. 어차피 이미 끊어져 버렸기 때문이다.

레츠는 지금 자신만의 방식으로 황궁과의 연결고리를 만들려 하고 있었다.

가신들을 만나고 개인 서재로 돌아오는 레츠를 위릿이 나와서 맞이했다.

"소영주님. 어떻게 되었습니까?"

위릿의 말속에 조급함이 묻어 나왔다.

"가신들에게는 괜찮은 밑밥을 던져두고 왔다. 지금 가신들끼리 내가 던진 밑밥을 놓고 한창 실랑이를 벌이고 있겠지."

레츠의 말에 위럿이 고개를 끄덕이며 반색했다.

"정말 잘되었습니다. 그럼 이제부터 본격적으로 일을 추진할 수 있게 되겠군요."

"그렇다. 이제부터 시작이다."

황제의 뒤에 누가 존재하고 있다고 가신들이 믿게 만들었다. 이제부터는 가신들을 마음대로 조율할 수 있게 된 것이다.

한편 레츠가 떠난 자리에는 상당히 오랜 시간 동안 침묵만이 존재했다. 가신들 중 누구 하나 쉽게 입을 여는 사람이 없었다.

"제가 생각하기에는 소영주님을 믿고 따라야 한다고 여겨집니다."

끝나지 않을 것만 같던 침묵을 테일 남작이 깼다. 그의 성격상 침묵하고 있는 상황을 견디지 못한 것이다. 하지만 그의 말을 받는 가신은 없었다.

또 한 번 침묵이 찾아왔다. 그러나 침묵만으로는 이 상황을 타개할 수 없다는 것을 느낀 테일 남작이 다시 한 번 강하게 자기 의견을 피력했다.

"크렌스피 영지가 다른 귀족들로부터 외면을 받고 있다고 합니다. 이를 언제까지 모른 척하실 생각입니까?"

"크흠."

테일 남작의 말이 끝나자 다른 가신들이 동시에 헛기침을 토해 냈다.

테일 남작은 그 점이 못마땅했다. 저도 모르게 목소리에 짜증이 묻어 나왔다.

“언제까지 현실을 외면하며 지낼 수는 없습니다.”

“하지만 이는 그렇게 쉽게 인정할 수 있는 일이 아니다.”

“저도 테일 남작과 똑같은 생각입니다.”

“으음.”

잉그리안 자작이 테일 남작의 의견에 반대하자 에이드 남작이 앞으로 나섰다.

잉그리안 자작은 에이드 남작이 의견을 피력하기 시작하자 뒤로 한발 물러섰다. 솔직히 말해서 상황 분석에 있어서 에이드 남작을 뛰어넘을 자신이 없음이 가장 컸다.

에이드 남작이 앞으로 나선 것은 다른 데 있는 것이 아니었다. 이대로 레츠을 받아들이지 않다가는 찬반양론만을 외치다 흐지부지 끝날 가능성이 높았기 때문이다.

가신들 모두는 이미 레츠의 의견이 어느 정도 신빙성이 있다고 판단하고 있었다. 이런 상황에서 다시 반대의견을 제시해 봤자 아무런 결론도 도출해 낼 수 없었다.

“임명식이 늦춰지는 이유를 따로 설명할 수 있는 게 없습니다. 그것도 아무런 통보도 없이 무작정 임명식이 늦춰지고 있습니다.”

란스 자작 또한 그 점을 알고 있었기에 테일 남작의 의견에 동조를 표한 것이다.

가신들은 이미 크렌스피 영지가 지금까지 제국의 귀족들로부터 외면을 받아 왔다는 레츠의 의견을 받아들이고 있었다.

말은 제국의 귀족들부터 외면을 받아 왔다고 하지만, 잉그리안 자작이 발끈한 것처럼 이게 이처럼 쉽게 인정할 수 있는 부분이 아니었다.

제국의 귀족들로부터 외면을 받고 있다. 이 말은 제국의 귀족들로부터 귀족으로서 대우받지 못하다는 말과 다름이 없기 때문이다.

선대부터 이룩해 놓은 모든 것이 부질없는 것이었다고 말하고 있었다. 그걸 지금 인정하자고 하고 있었다. 이는 다르게 말하면 그만큼 레츠의 발언이 가지는 무게가 커졌다는 것을 의미하고 있었다.

영주 대리에 오른 레츠의 행동 하나하나가 크렌스피 영지의 운명을 좌지우지할 정도의 위치에 올라섰음을 의미하는 것이다.

"황궁에서 너무나 멀리 떨어진 영지. 그로 인해 황제 폐하의 신임을 잃을지도 모른다는 불안감."

"에이드 남작. 지금 무슨 말을 하고 있는가?"

에이드 남작이 하는 말에 란스 자작이 의문을 표했다.

"소영주님이 오늘 하신 말씀은 선대 영주님께서 하셨던 걱정과 똑같았습니다."

황제로부터 몬스터랜드의 방어를 명 받은 가문. 이것 하나만으로도 귀족으로서 너무나도 영광스러운 일이었다.

초대 크렌스피 영주는 모든 것을 바쳐 황제의 명령을 따를 준비가 되어 있었다. 황제에 대한 굳건한 충성심 하나면 모든 것이 해결되었다.

몬스터랜드에서 몬스터를 토벌하고 영지를 정착시키고자 노력했다. 하지만 척박한 땅에는 강제 이주민을 제외하고는 그 누구도 정착해서 살아가려는 사람이 없었다.

아무리 좋은 조건을 제시해도 쉽게 받아들여지지 않았다. 몬스터의 강함이 상상 이상이었기 때문이다.

몬스터는 정말 강했다. 크렌스피 영지와 같이 몬스터랜드를 방어하기 위해 왔던 몇몇 영지가 몬스터의 습격으로 영지민 전체가 몰살당할 정도로 말이다.

몬스터의 습격으로 몰살당한 영지가 발생했다는 소식이 전해지자 그 순간부터 병사들의 통제가 이루어지지 않았다. 탈영이 속출하기 시작했다.

엎친 데 덮친다고 몬스터의 습격으로 주인을 잃은 영지의 관리까지 초대 영주가 떠안게 되었다. 그래도 초대 영주는 황제에게 어떠한 불만도 가지지 않았다. 오히려 더 넓은 영지를 하사한 것에 감사할 정도였다.

최악의 상황에서 초대 크렌스피 영주는 결단을 내릴 수밖에 없었다. 현실적으로 영지 전체의 방어가 불가능하다고 판단한 것이다.

아무리 황제의 명령을 최우선으로 여긴다고 해도 우선은 살아남아야 했다. 자신이 살아남아야 황제의 명령도 수행할 수 있는 것이니 말이다.

초대 영주는 몬스터의 출몰이 가장 적은 곳을 정하여 흙으로 성을 쌓았으며, 나무로 울타리를 만들었다. 그리고 그곳에 영지민 전부를 모으고 집중적으로 관리하기 시작했다.

영지 전체로 봤을 때는 극히 일부분에 지나지 않았지만 그래도 차츰 안정되어 가기 시작했다.

흙으로 쌓아 올린 성이었지만 그래도 몬스터의 습격을 방어하는 데 용의해졌기 때문이다.

초대 영주는 세월이 흘러가자 몬스터를 방어하기 위해 영지민 전체를 병사로 차출할 수밖에 없었다. 병사들이 대부분 몬스터에게 죽었기 때문이다.

나아가서는 검술에 재능을 보이는 이는 신분고하를 막론하고 기사로 양성하기도 했다. 마법사들을 가신으로 받아들여 영지에 정착하게 만들었다.

보유하고 있는 무력이 강해지자 차츰 영지에서 몬스터를 몰아내기 시작했다. 몬스터로 인해서 황폐해진 대지를 개간하고 곡식을 심어 배고픔을 해결했다.

몬스터를 토벌하여 그 부산물로 지역 특산물을 만들어 상업을 발전시켰다. 그렇게 조금씩 크렌스피 영지는 강해져 갔다.

크렌스피 영지가 강해져 주변을 살필 여력이 생겼을 때, 그들은 깨달을 수 있었다. 황제의 신임이 전만은 못하다는 사실을 말이다. 눈에서 멀어지면 마음에서도 멀어지는 법이었다.

영지가 안정되어 가면 갈수록, 오히려 황제의 관심에도 멀어지고 있었다.

영지가 완전히 정착했다고 판단되어지자 황제가 몬스터랜드로 보냈던 영주들을 불러들였다. 그리고 성대한 만찬을 열어 그들의 노고를 치하했다.

영주들은 황제의 신임이 돌아왔다며 기뻐했다. 그러나 만찬이 끝나고 영지로 돌아가게 되었을 때, 그들은 불안해지기 시작했다.

황궁과 너무도 멀리 떨어져 있는 영지에 들어가게 되면 다시는 황제를 보지 못할 것만 같았다.

불안한 마음을 가지고 그들은 각자의 영지로 돌아갔다. 그리고 황제의 관심을 꾸준히 이끌어 내기 위해 그들은 미친 듯이 몬스터들과 싸우고 또 싸웠다.

한 세대가 지나가 그다음 세대가 시작하는 시점에서 그들이 우려했던 일이 벌어지고 있었다. 황제는 더 이상 몬스터랜드에 관심을 보이지 않고 있었다.

황제의 관심은 사라졌지만, 그들은 각자의 영지에서 황제의 명령을 수행한다는 자부심 하나로 살아갔다.

선대의 피로써 이룩해 놓은 것을 부정하는 것은 역시나 쉬운 일이 아니다. 그러나 이를 인정하지 않을 수 없었다. 이를 인정하지 않고 현실에 안주하고 있으면 더 이상의 발전은 없기 때문이다.

가신들이 크렌스피 영지의 도약을 위해 레츠의 의견을 따르기로 최종 결정한 것은 그로부터 다시 6개월이란 시간이 지나고 난 이후였다.

†제2장†

변화의 시작 I

레이진을 돌보고 있는 자이엔느를 레츠가 찾아왔다.

"어서 오세요."

"차나 한잔 같이 마실까요?"

"저야 언제든지 환영입니다."

차를 마시고 싶다는 레츠의 말에 네티가 차를 준비하기 시작했다.

"네티. 소영주님이 드시는 차는 내가 만들어 드리고 싶어."

"네, 영애님."

자이엔느가 네티를 물리고 자신이 직접 레츠를 위해 차를 끓였다. 레츠가 차를 끓이고 있는 자이엔느를 보며 물었다.

"영애님. 돈이 생긴다면 무엇을 가장 하고 싶습니까?"

"무슨 말씀이세요?"

레츠의 뜬금없는 소리에 자이엔느가 의아해했다.

"그냥 영애님은 돈이 생기면 무엇을 할까 궁금증이 생겼다고 할까요."

자이엔느가 차를 끓이던 것을 멈추고 손으로 입을 가리며 웃었다.

"호호호. 저도 여느 여자와 똑같아요. 우선 돈이 생기면 좋아하겠지요. 그러고는 화려한 보석과 예쁜 옷을 살 것 같아요. 음……. 아니다. 지금 당장 돈이 생기면 고아원에 있는 아이들을 위해 사용할 것 같네요. 그런데 이걸 왜 물어보시는 거예요?"

자이엔느의 말이 끝나자 레츠가 고개를 끄덕였다. 예상했던 것과 똑같은 대답을 했기 때문이다.

"제게 꽤 많은 돈이 생겼거든요. 그래서 영애님에게 나눠줄까 해서요."

"정말이요?"

자이엔느가 두 눈을 동그랗게 뜨고는 바라봤다. 레츠는 그런 자이엔느의 두 눈을 응시하며 고개를 끄덕였다.

"아이 좋아라."

자이엔느는 고아원 아이들과 같이 음식을 나눠 먹는 상상을 하며 즐거워했다.

레츠는 자이엔느가 무엇을 상상하고 있는지 알 수 있었지만, 그가 원하는 것은 그것이 아니었다.

"영애님. 영애님은 제가 드린 돈으로 고아원의 아이들을 배불리 먹일 생각이시죠?"

"네. 아무래도 한창 성장기의 아이들이다 보니 꽤나 많은 양의 음식이 소모되고 있는 실정이에요."

"그럴 것이라 생각했습니다."

"소영주님이 제게 돈을 주신다면 그 돈은 대부분 아이들이 먹을 음식을 사는 데 사용될 거예요."

레츠가 고개를 끄덕이며 자이엔느의 말에 동조했다. 그러나 그의 입에서 나오는 말은 달랐다.

"고아원에 있는 아이들을 모두 배불리 먹이는 것이 무엇보다 중요한다는 사실을 알고 있습니다. 그러나 영애님. 콩 한쪽도 나눠 먹는다는 말처럼 고아원의 아이들을 배불리 먹이는 것이 아니라, 영지 곳곳에서 굶어 죽고 있는 아이들을 구하는 것이 어떻겠습니까?"

자이엔느가 고아원을 운영하고 있다고 하지만 아직도 크렌스피 영지에는 굶어 죽고 있는 고아들이 상당수 존재하고 있었다. 레츠가 이들을 구제하자고 자이엔느에게 말하고 있었다.

"고아원을 더 크게 늘리라는 말씀이신가요?"

"그렇습니다."

"음……."

자이엔느가 심각하게 고민하기 시작했다. 지금 고아원은 아이들을 수용할 수 있는 최고치까지 도달해 있는 상태였다.

지금도 자금을 아끼고 아껴서 겨우 현재 상황을 유지하고 있을 정도였다. 그런데 레츠가 더 많은 아이들을 받아들이자고 하고 있었다.

"무리예요. 현재 고아원의 수용 능력을 상회하고 있는 실정이에요."

자이엔느는 아무리 생각해 봐도 레츠의 의견을 받아들일 수가 없었다.

마음 같아서는 당장에라도 수많은 아이들을 받아들이고 싶었지만 현실을 무시할 수는 없었다. 바로 돈이 부족하기 때문이었다.

레츠가 꽤 많은 돈이라고 표현하고 있지만, 자이엔느가 판단하기에는 만족할 만한 수준의 양이 아닐 것은 뻔했다.

결정적으로 레츠가 건네주는 돈은 지속적으로 지원되는 것이 아니었다. 단발성으로 끝날 것이 뻔했기에 고개를 가로저을 수밖에 없는 상황이었다.

레츠는 자이엔느의 고민이 계속되자 강하게 밀고 나가기로 했다.

"영애님. 분명 지금보다 많은 아이들을 받아들인다면 하루 한 번의 식사도 제대로 하지 못할 것이라는 것을 알고 있습니다. 그러나 그조차도 먹지 못하고 굶어 죽고 있는 아이들을 생각해 보십시오."

레츠의 말에 자이엔느가 움찔하며 어깨를 움츠렸다. 굶어 죽는 아이들이란 말이 비수가 되어 가슴에 박혔다.

귀족들에게 일반 영지민들의 고충은 아무것도 아니었다. 그저 세금을 많이 거둬들이기 위해 필요한 그런 존재일 뿐이었다.

자이엔느는 여타 귀족들과는 달랐다. 계급이 존재하는 신분 사회에서도 타인의 아픔을 슬퍼할 줄 아는 이였다.

"굶어 죽고 있는 아이들을 외면하실 작정이십니까?"

"아니요. 아니에요."

자이엔느가 고개를 세차게 저으며 강하게 부정했다.

지금 고아원 상태에서 더 많은 아이들을 받아들이는 것은 무리라는 사실을 알고 있으면서도 자이엔느는 굶주림에 허덕이고 있는 아이들을 외면할 수 없었다.

다음 날 자이엔느는 레츠가 건네주는 돈을 받고는 아무런 말도 못하고 그저 입을 벌리며 놀라워했다. 그가 건네준 돈의 액수가 엄청났기 때문이다.

레츠는 귀족들로부터 받은 뇌물의 상당 부분을 자이엔느에게 건넨 것이다.

"이 돈이면 수많은 아이들이 배고픔에서 벗어날 수 있어요."

자이엔느는 레츠가 건네주는 돈의 출처에 대해서는 관심을 가지지 않았다. 그저 조금이라도 더 많은 아이를 구원할 수 있다는 사실에 좋아할 따름이었다.

자이엔느는 곧바로 고아원의 규모를 늘려 가기 시작했다. 영지의 병사들이 어김없이 차출되었으며, 고아원의 아이들까지 건물을 짓는 공사 현장에 투입되었다.

건물은 빠른 속도로 완성되어 갔으며, 완성되는 족족 영지를 돌며 고아들을 모으기 시작했다.

영지 내에 존재하는 고아란 고아는 전부 고아원으로 보내졌다. 그렇게 자연스럽게 고아원의 규모가 커져 갔다.

처음 십여 명의 아이들을 모으고 시작했던 고아원이 이제는 그 인원이 수백을 넘어 천여 명에 육박할 정도였다.

지금도 계속 집을 짓고 있기에 고아원의 규모는 더 커질 예정이었다.

고아원의 규모가 커지자 자이엔느 혼자서 운영하기에 상당한 무리가 따랐다. 명목상 고아원장으로 있는 위릿은 레츠가 지시하는 일을 처리하느라 바쁜 나날을 보내고 있었다.

어린아이라고 해도 그 수가 무려 천 명에 육박할 정도로 모이자, 이곳저곳에서 여러 문제가 터져 나오기 시작했다. 특히 치안 문제가 심각했다.

고아원의 규모가 커지면 커질수록 좀도둑들이 기승을 부리기 시작한 것이다.

아무리 고아원에서 숙식을 해결해 준다고 해도 한창 자랄 나이의 아이들에게는 매번 부족할 수밖에 없었다.

고아원에서 제공해 주는 음식으로는 배고픔을 해결할 수 없었던 아이들이 고아원 근처에 있는 마을 주민들의 재산에 눈독을 들인 것이다.

호시탐탐 기회를 엿보는 아이들과 그런 아이들을 경계하는 주민들 간의 마찰로 하루라도 조용히 지나간 적이 없었다.

상황이 이렇게 변하다 보니 마을 주민들이 갖는 불만은 날로 쌓여만 갔고 고아원을 바라보는 시선에는 적개심이 가득했다.

고아원을 만들어 아이들을 한곳에 모아 두면 분명 문제가 발생할 것이고, 그 문제는 매우 심각할 것이 자명했다.

자이엔느도 이미 짐작하고 있었다. 그러나 그녀는 이 모든 문제를 떠안고서라도 고아원의 규모를 늘리기로 결정했다. 굶어 죽어 가는 아이들을 외면할 수 없었기 때문이다.

그녀는 온갖 방법을 동원해 마을 주민들의 불만을 잠재울 수 있는 해결책을 제시하기 바빴다. 그러나 그것도 한순간일 뿐이었다.

아이들의 마음가짐이 변하지 않았기 때문이다.

배고프면 무언가를 먹어야 했다. 그것이 남의 재산이라도 문제 될 것이 없었다. 눈앞에 보이면 닥치는 대로 집어 먹어야 했다.

부모님이 돌아가시고 혼자가 되자 아무도 관심을 가져 주지 않았다. 혼자 모든 것을 해결해야 하는 것이다.

세상에 혼자 남겨진 것은 이들에게는 오히려 행운이었다. 자기 밑으로 딸린 식구까지 책임져야 하는 상황에 놓인 아이들은 더욱 악독해질 수밖에 없었다.

악독하지 않으면 살아남지 못하는 세상에서 살아왔다. 고아원에서 살게 되었다고 지금까지와 다르게 행동할 이유가 없었다.

아이들의 눈에는 고아원은 그저 귀찮게 달라붙는 파리 같은 존재일 뿐이었다.

당장 고아원에서 쫓겨나도 아이들은 아무런 감흥도 느끼지 않을 것이다. 그리고 아이들은 지금 고아원에서 쫓겨났을 때를 대비하고 있었다.

자이엔느는 아이들의 마음을 읽어 내지 못했다. 그래서 문제가 발생하면 그것을 해결하는 데 그치고 있었다. 그저 더 큰 문제가 발생하지 않길 바랄 뿐이었다.

그녀가 아이들의 마음을 알아차릴 때에는 이미 너무 늦은 뒤였다. 살인 사건이 벌어진 것이다.

살인 사건을 해결하기 위해서는 병사들을 동원할 필요가 있었다. 자이엔느가 레츠를 찾은 것은 그때였다.

"도와주세요, 소영주님."

자이엔느가 레츠 앞에서 눈물을 보이며 도움을 요청했다.

"걱정하지 마십시오. 제가 알아서 처리하겠습니다."

레츠는 기민하게 움직였다. 마치 자이엔느의 부탁을 기다리고 있던 사람처럼 말이다.

레츠는 가장 먼저 고아원의 아이들을 분류하기 시작했다. 우선 나이순으로 아이들을 분류하고는 남과 여를 따로 분류하기 시작했다. 마지막으로 육체적으로 발육 상태가 좋은 아이를 분류했다.

100여 명의 아이를 따로 분류해 내고는 그들의 손에 스피어를 하나씩 쥐어줬다.

스피어를 받아 드는 아이들은 급격하게 달아오르는 흥분감과 약간의 긴장감에 휩싸여 있었다.

레츠는 아이들을 이끌고 살인을 저지른 범인을 잡기 위해 움직였다.

처음 아이들은 레츠가 무엇을 하는지 몰랐다. 그저 그가 인도하는 대로 따라다니기 바빴다. 그러다 눈치가 빠른 몇몇 아이가 그의 의도를 알아차렸다.

웅성거림이 조금씩 커지기 시작했다. 이제는 소란이 걷잡을 수 없을 만큼 커졌다. 아이들이 어느새 분위기에 휩싸여서는 서로 자신이 범인을 잡겠다며 열을 올리고 있었다.

레츠는 그런 아이들의 반응을 보며 회심의 미소를 짓고 있었다. 범인이 누구인지는 이미 도둑 길드를 통해 확보해 놓은 상태였다.

그는 그저 분위기를 잡아 주면서 아이들을 범인 앞까지 인도했다. 그러고는 가타부타 아무런 말도 없었다. 그다음은 흥분한 아이들이 알아서 범인을 잡아들였다.

"범인을 잡았다!"

"살인자를 잡았다!"

"와아아!"

범인을 잡았다는 그 사실 하나만으로 아이들은 흥분해서 소리치고 있었다. 마치 자신이 대단한 사람이 된 듯한 기분에 사로잡혀 있었다.

레츠는 그런 아이들이 잠잠해지기를 기다렸다가 나직하지만 모두가 들을 수 있는 크기로 말했다.

"너희는 이제부터 자경단의 단원이다. 앞으로 경비대원들과 같이 범죄를 저지르는 이들을 잡아들이는 일을 할 것이다."

……!

백여 명에 이르는 아이들 중 그 누구도 입을 여는 이가 없었다. 그만큼 레츠가 꺼낸 말이 주는 충격이 컸다.

자경단을 만들었다. 그것도 별 볼일 없는 고아들을 가지고 말이다. 경비대원들과 같이 마을의 안전을 지키며 범인을 색출하는 자경단의 단원이 된 것이다.

"와아아!"

침묵은 한순간이었고 한꺼번에 엄청난 함성 소리가 터져 나왔다.

"고아원에 있는 누구라도 실력이 있다면 자경단에 들어갈 수 있다. 그리고 자경단에서 능력을 인정받은 이는 경비대원으로 승격될 것이다."

"와아아!"

다시 한 번 아이들이 함성을 내질렀다.

이거다. 이거였다. 아이들이 레츠의 말에 열광한 이유가 말이다. 레츠는 아이들에게 경비대원이 될 수 있는 꿈을 심어 준 것이다. 함성 소리에는 꿈과 희망, 그리고 열정을 담고 있었다.

솔직히 말해서 자경단은 그저 애들 놀이 정도에 지나지 않았다. 그러나 경비대는 아니었다.

크렌스피 영지에서 경비대원들은 정말 보잘것없는 위치를 차지하고 있다. 그러나 일반 영지민에게는, 아니 고아인 아이들에게는 감히 바라볼 수조차 없는 존재였다.

말단 병사이지만, 누구보다 죽음과 가까운 존재이지만, 그래도 신분 상승을 꿈꿀 수 있다.

능력이 있다면, 실력이 뛰어나다면 더 높은 신분을 꿈꿀 수 있는 것이다. 신분 상승! 꿈이 아닌 현실이었다.

아이들의 두 눈이 불꽃처럼 활활 타오르고 있었다.

"기사단과 마법사단에 각각 영지 1년 총예산 중에 40%에

달하는 자금을 할당할 것이다."

"40%나 말입니까?"

란스 자작의 말에 레츠는 그저 고개를 끄덕여 보였다.

란스 자작은 영지의 1년 예산을 떠올려 보고 그중 40%에 달하는 자금을 헤아렸다. 하지만 고개를 가로저으며 낙담할 뿐이었다.

총예산의 40%라면 정말 어마어마한 자금이다. 이는 란스 자작도 인정하는 바였다. 그러나 그뿐이었다.

많은 돈이란 것은 인정하지만, 만족할 만한 돈은 아니었다. 그만큼 레츠가 원하는 수준이 너무도 높았다.

블랙윙 기사단의 전력을 3배 이상으로 끌어올려야 하는 란스 자작으로서는 40%에 달하는 자금은 턱없이 모자랄 뿐이었다.

평소 블랙윙 기사단이 영지 예산의 20%에 달하는 자금을 사용하고 있었다는 것만을 봐도 레츠가 원하는 수준이 얼마나 높은지 가늠할 수 있었다.

지금 당장은 40%는 돈으로 충분하다. 그러나 기사들의 숫자가 늘어날수록 들어가는 돈은 천문학적으로 증가할 것이다. 그때부터는 자금 압박이 상당할 것이다.

란스 자작이 옆에 앉아 있는 잉그리안 자작을 바라봤다. 고개를 숙이고 있는 모습을 보아 잉그리안 자작도 란스 자작 못지않게 낙담하고 있었다.

20년이다. 20년이란 시간 내에 마법사의 전력을 3배나 끌어올려야 했다. 말이 20년이지, 20년이란 시간 가지고는 쓸만한 마법사 하나 키워 내기도 버거운 시간이었다.

그것도 잉그리안 자작 본인이 다른 모든 것을 포기하고 이 일에 매달려야 가능한 시간이었다.

불가능한 일이다.

불가능하다고, 할 수 없는 일이라고 레츠에게 말해야 했다. 그러나 잉그리안 자작은 그러지 못했다.

레츠의 의지가 너무도 확고했으며, 가신들 모두가 레츠의 뜻을 따르기로 이미 결정을 내린 뒤였기 때문이다.

잉그리안 자작이 레츠의 눈치를 보며 머뭇거리는 모습을 보이자 앞으로 나서는 이가 있었다. 바로 에이드 남작이었다.

"소영주님. 솔직히 말씀드려서 자금이 부족합니다. 영지의 1년 총예산의 50%, 아니 60%를 지원해 준다고 해도 20년 내에 소영주님이 원하시는 수준까지 마법사를 양성할 수 없습니다. 그런데 40% 수준이라니 불가능한 일입니다."

불가능한 일이었다. 레츠의 눈치가 보인다고 불가능한 일을 떠안았다가는 훗날 더 큰 문제로 대두될 것이 뻔했다. 힘들어도 지금 거절하는 것이 최선이었다.

"마법사를 3배 이상 만들려고만 한다면 만들 수 있을 것입니다. 그러나 질적으로는 만족할 만한 성과를 올리기는 힘들 것입니다."

에이드 남작은 지금 레츠에게 선택을 강요하고 있었다. 질과 양 두 마리 토끼를 모두 잡을 수 없으니 한 가지만 선택하라고 말이다.

레츠도 에이드 남작이 반대하고 나서자 짜증이 일었다. 해보지도 않고 무조건 안 된다고 말하는 모습이 싫었다.

"60% 수준으로는 부족하다? 그럼 예산의 70%까지 지원해 주겠다."

"그것은……."

레츠는 에이드 남작에게 더 많은 자금을 지원해 주겠다고 했다. 자금이 부족해서 힘든 것이라면 만족할 만큼의 자금을 지원해 주겠다고 말이다.

레츠가 이렇게 나오자 에이드 남작은 난감할 수밖에 없었다.

부족한 것이, 문제가 되는 것이 한두 개가 아니었다. 그중 자금 문제가 가장 기본적인 문제였기에 예를 든 것이었다.

에이드 남작이 이마에 난 땀을 훔치는 모습을 바라보던 레츠가 약간은 짜증스런 목소리로 물었다.

"왜? 자금 문제 말고 또 다른 문제가 있나?"

에이드 남작은 옆에 있는 잉그리안 자작을 잠시 바라보고는 차분하게 이야기하기 시작했다.

"자금이 풍족하게 지원 된다고 마법사를 양성할 수 있는 것이 아닙니다. 물론 자금이 풍족하면 보다 쉽게 마법사를 양성할 수 있는 것은 사실입니다. 그러나 20년 내에 제대로 된 마법사를 양성하기 위해서는 기본적으로 마나에 대한 친화력이 강한 인재들이 있어야 합니다."

"마나에 대한 친화력? 내가 하나 물어보지. 대체 마나에 대한 친화력이란 무엇을 말하는 것인가? 혹시 마나를 마음먹은 대로 다스릴 수 있는 능력을 말하는 것인가? 태어날 때부터 갖고 있는 천부적인 능력 어쩌고저쩌고하는?"

"소, 소영주님."

비꼬는 말이다.

레츠는 되도 않는 인재 타령을 하고 있는 에이드 남작을 지금 비꼬고 있었다. 그의 비꼬는 소리에 얼굴이 빨개진 에이드 남작은 당혹감을 감추지 못하고 있었다.

"잘 들어 둬라, 에이드 남작. 현재까지 마나에 대해서 제대로 이론이 정립되지 않은 것이 사실이다. 이런 상황에서 재능을 보유하고 있는 이를 찾는 것은 어쩌면 너무도 당연한 일일지도 모른다. 그러나 흔히 말하는 천재란 타고난 재능만으로 되는 것은 아니다. 훌륭한 스승 밑에서 뼈를 깎는 노력 뒤에야 탄생하는 것이 천재이다."

"……."

"훌륭한 스승이 되어 줄 마법사가 내 눈앞에 두 명이나 존재하고 있다. 여기에 스스로 뼈를 깎는 노력을 할 수 있는 제

자들이 있다면 나는 충분히 가능하다고 본다."

레츠의 확신이었다.

그는 경험을 통해 뼈저리게 느끼고 있었다. 노력. 노력 하나면 되었다. 다른 것은 부수적인 것에 지나지 않았다.

"앞으로 크렌스피 영지에 존재하는 귀족가문의 자제는 남녀를 떠나 무조건 검술과 마법을 배우고 익혀야 한다. 그리고 크렌스피 영지의 귀족으로 태어난 이상 몬스터랜드 토벌에 참여해야 한다. 이는 귀족의 의무이다."

"……!"

귀족의 의무를 다하라.

크렌스피 영지의 귀족이라면 누구나 몬스터랜드 토벌에 참여해야 했다. 그런데 언제부터인가 크렌스피 영지가 몬스터의 습격으로부터 안전하게 되자 귀족들이 몸을 사리기 시작했다.

요즘에는 아예 대놓고 토벌대에 참여하지 않으려 하고 있었다. 죽을 수도 있는 위험을 안고 토벌대에 참여할 필요가 없었기 때문이다.

레츠가 지금 이 점을 제지하고 나선 것이다. 크렌스피 영지에서 귀족으로서 대우받고 싶다면 스스로의 단련을 게을리하지 말라고 말이다.

"크렌스피 영지의 귀족으로 태어난 이상 제 몸 하나 지킬 수 있는 실력을 키워야 한다. 몬스터랜드에서 살아 돌아온 자만이 귀족으로 대우 받을 수 있다는 소리다."

"하지만 소영주님."

잉그리안 자작이 무언가를 말하려고 하자 레츠가 제지했다. 레츠는 아예 반대 의견을 꺼낼 기회 자체를 주지 않았다.

"그만. 크렌스피 영지는 수많은 사람들의 피와 희생으로 만들어졌다. 우리 선조들의 죽음으로 우리가 지금 이처럼 살아가고 있다는 것이다. 그런데 작금의 현실이 어떠한가. 지금 귀족들의 행태가 어떠냔 말이다!"

크렌스피 영지의 귀족들은 누구나 할 것 없이 부패했다. 귀족들의 정신 상태를 뜯어 고칠 필요가 있었다. 어쌔신 길드의 일도 있어서 가신들도 제대로 말 한 번 꺼내지 못했다.

"란스 자작! 나에게 따로 하고 싶은 말이 있는가?"

"아닙니다. 귀족이 의무를 다하는 것은 지극히 당연한 일입니다. 그리고 소영주님이 원하시는 기간 내에 기사단의 전력을 향상시켜 보이겠습니다."

"좋아. 역시 란스 자작은 호탕해서 좋군. 사내라면 역시 이런 맛이 있어야지. 아니 그런가? 잉그리안 자작?"

"그렇습니다, 소영주님."

레츠의 물음에 잉그리안 자작은 그저 고개를 조아릴 수밖에 없었다.

"기존의 생활을 버리고 급격한 변화를 꾀한다는 것이 힘들고 어려운 일이란 것을 잘 알고 있다. 그러나 힘들다고, 어렵다고 이대로 안주해서는 영지의 미래는 없다. 그렇기에 자네들도 내 의견을 따르기로 결정한 것이 아닌가."

가신들은 이미 레츠의 의견을 따르기로 결정을 내린 뒤였다. 지금에 와서 그의 의견에 반대할 수는 없었다. 반대를 하고 싶었다면 이 자리에 참석하지 말았어야 했다.

가신들도 이대로는 크렌스피 영지의 미래가 없다는 사실을 공감하고 있기에 무리수라는 것을 알고 있으면서도 레츠를 믿고 따르기로 결정한 것이다.

탁!

레츠가 란스 자작이 앉아 있는 탁자 위로 낡은 책 한 권을 던졌다.

"이것이 무엇입니까?"

"하급이지만 마나심법이다."

"마나심법 말입니까?"

란스 자작이 강한 호기심을 보이며 책장을 넘기고 있었다.

"지금까지 내가 익혀 왔던 심법이다. 그걸 자네에게 주지."

"저에게 말입니까?"

란스 자작이 의아해했다.

가문의 비전의 심법을 익혀 익스퍼트 상급에 오른 란스 자작으로서는 하급 심법이 필요하지 않았다. 그저 약간의 호기심이 발동해서 관심을 보였을 뿐이었다.

하급 심법은 말 그대로 하급이었다.

마나를 조금 더 쉽게 느낄 수 있게 도와주는 역할을 하는 입문서였다. 중급 심법부터 마나를 운용하는 법이 수록되어 있기에 진정한 마나심법은 중급 심법부터였다.

"오늘부로 대대적으로 종자들을 모집해서 마나심법을 익히게 해라."

"종자들을 말입니까?"

기사들에게 종자란 그저 심부름이나 해 주는 존재에 지나지 않았다. 개중에는 종자에게 검술을 체계적으로 가르치는 기사도 있지만, 보편적으로 종자는 기사의 시중을 들고 돈을 받고 살아가는 이들이었다.

"달리 설명할 방법이 없어서 종자라는 개념을 잠시 빌려서 표현한 것일 뿐, 내가 말하고자 하는 종자는 기존의 종자들과는 많이 다르다."

"기존의 종자와 다르다는 말씀이십니까? 그러나 아무리 기존의 종자와 다르다고 하더라도 종자들은 평민입니다. 평민인 그들에게 하급이라고는 하나 마나심법을 익히게 하는 것이 옳은 일인지 모르겠습니다."

"종자들은 평민이다. 그러나 어쩔 수 없지 않느냐? 귀족들 중에 누가 있어 종자가 되려는 이가 있느냐? 종자를 그저 평민으로 여기지 마라. 평민이 아닌 크렌스피 영지의 사람이다."

"평민이 아니라니요?"

란스 자작이 의아함에 레츠를 바라봤다. 평민이 아닌 크렌스피 영지의 사람이란 말이 갖고 있는 의미를 묻고 있는 것이다.

"이번에 종자를 모집할 때, 기본적으로 크렌스피 영지에 무한한 충성심을 갖고 있는 이들을 뽑을 것이다. 이들이 평민이란 사실은 변하지 않지만, 나는 최소한 그들이 갖고 있는 충성심에 대한 보답을 해 줄 것이다. 크렌스피 영지를 위해 목숨을 바칠 수 있다면 마나심법 정도는 흔쾌히 제공해 줄 수 있다는 말이다."

"크렌스피 영지에 대한 충성심입니까?"

"그렇다. 나가 아닌 우리이다. 크렌스피 영지가 그 무엇보다 최우선이 돼야 할 것이다."

레츠는 평민을 싫어한다. 평민에게 기사가 될 수 있는 기회를 제공해 주겠다고 말하고 있는 지금도 말이다.

이것은 레츠가 죽을 때까지 변하지 않을 것이다. 그러나 평민이 싫다고 마냥 외면하고 지낼 수는 없다.

권력의 정점에 서고 싶다. 그렇게 하기 위해서는 영지의 발전은 필수였다.

문제는 영지가 발전하기 위해서는 몇몇 사람의 노력으로는 불가능했다. 즉 소수의 귀족들만으로 불가능하다는 것이다.

영지민의 참여가 무엇보다 중요했다.

평민의 참여가 필요하다는 소리다. 그것도 강제가 아닌 자발적으로 말이다. 그렇게 해야지만 영지의 전력을 극대화시킬 수 있었다.

레츠는 지금 더 큰 권력을 손에 넣기 위해 평민을 이용하려 하고 있었다. 크렌스피 영지라는 이름을 앞세우면서 말이다.

"블랙윙 기사단이 직접 블랙윙 기사단에 걸맞은 기사를 키워 낸다."

"알겠습니다."

란스 자작의 대답에 레츠는 고개를 끄덕이며 만족감을 표시했다. 그러고는 주머니 안에서 열쇠를 하나 꺼내서 잉그리안 자작에게 건넸다.

"이것은 잉그리안 자작이 맡도록 하게."

"이것이 무엇입니까?"

"도서관 열쇠이다. 어쌔신들이 사용하던 것이지만 많은 종류의 책이 있다. 특히 마법에 관한 책들이 다수 존재하고 있어서 많은 도움이 될 것이다."

"마법서 말입니까? 한번 확인해 보겠습니다."

"고급 마법서가 아닌, 기초 이론이 적힌 마법서가 대다수이다. 너무 큰 기대는 하지 마라."

"그렇습니까? 하지만 고급 마법서가 아니라도 상관없습니니다.”

마법사가 마법서에 관심을 보이는 것은 너무도 당연했다. 그것이 고급이건 하급이건 상관없었다.

“잉그리안 자작, 에이드 남작. 마법사를 키워 낸다는 것이 얼마나 힘든 일인지 잘 알고 있다. 하지만 크렌스피 영지의 미래를 위해서는 상당수의 고위 마법사가 필요한 것이 사실이다. 잘 부탁한다.”

“최선을 다하겠습니다.”

기사와는 다르게 마법사는 특수했다. 막말로 정말 타고나지 않은 이상 마법사가 될 수 없었다.

레츠도 이 점은 어쩔 수 없는 것이다. 귀족들 중에 마법적 재능이 있는 이가 많이 존재하길 그저 바랄 수밖에 없었다.

“이제부터 귀족 자제들을 가르치게 될 것이다. 그때 이것 하나만 명심하길 바란다. 그들에게 절대 특권을 주지 말라는 것이다. 이는 란스 자작 또한 마찬가지이다. 특권은 절대 없다. 귀족들은 앞으로 영지민들의 자부심이 되어야 한다.”

“알겠습니다.”

크렌스피 영지 내에서는 귀족들도 예외가 아니다. 그렇게 해야만 영지민들이 자발적으로 따를 것이다.

강한 크렌스피 영지, 그리고 그 정점에 레츠가 존재할 것이다. 귀족이나, 평민이나, 앞으로는 레츠를 중심으로 살아가게 될 것이다.

"일반 병사들은 벌써 양성에 들어갔다. 기사들과 마법사도 그에 뒤처지지 않으려면 발 빠르게 움직여야 할 것이다."

"알겠습니다."

†제3장†

변화의 시작Ⅱ

레츠의 이름으로 하나의 성명이 발표되었다.

블랙윙 기사단에서 종자를 모집한다는 내용으로, 크렌스피 영지를 사랑하는 이라면 나이 성별 신분에 관계없이 누구라도 지원할 수 있다고 되어 있었다.

있을 수 없는 일이 일어났다. 공개적으로 종자를 모집한다니, 그것도 아무런 조건도 없이 말이다.

보통 기사들과 친분이 있어야지만 종자로 들어갈 수 있었다. 그런데 지금 생각할 수도 없었던 일이 일어나고 있었다.

가장 먼저 영지의 병사들이 열광했다.

기사가 될 수 있다. 정말 한평생을 꿈이라고만 여겼던 일이었다. 그런데 그 꿈이 현실이 될 수 있는 길이 열린 것이다.

아무리 나이 성별 신분에 관계없다고 하지만 기본적으로 실력이라는 것을 겸비해야 종자가 될 수 있었다.

병사들은 한평생을 몬스터들과 생사의 대결을 벌여 오며 육체를 단련해 왔다. 병사들은 이미 종자가 될 준비가 되어 있었다.

병사들 입장에서는 이번에 행해지는 종자 모집은 그들을 위해 마련된 일이라고 봐도 과언이 아니었던 것이다. 이제 필요한 것은 오직 하나였다.

"나는 크렌스피 영지를 사랑한다. 나보다 더 크렌스피 영지를 사랑하는 사람은 없다."

"내가 크렌스피 영지에 태어났다는 사실이 무엇보다 자랑스럽다. 내 목숨보다 크렌스피 영지를 더 사랑한다."

병사들은 자신이 크렌스피 영지를 가장 사랑하는 사람이라고 떠들고 다니기 시작했다. 그리고 가까운 친지나 동료들에게 이 점을 인정받기를 원했다.

병사들은 외쳤다. 끊임없이 크렌스피 영지를 사랑한다고 말이다. 그로 인해 영지가 하루라도 조용하게 지나가는 날이 없었다.

크렌스피 영지를 사랑한다.

자기 스스로를 제외하고는, 눈으로 확인시켜 줄 수 없기에 타인에게 증명해 보일 수도 없다. 그때 레츠가 이 점을 명확히 짚고 넘어갔다.

크렌스피 영지를 사랑한다는 말을 입 밖으로 표현하는 영지민은 정말로 크렌스피 영지를 사랑하는 사람으로 인정하라는 것이다.

열광하고 또 열광했다.

크렌스피 영지 전체가 기이한 열기 속에 빠져들었다. 그 열기에 불을 지핀 이들은 토벌대에 참여했다 전사한 이들의 가족이었다.

크렌스피 영지를 위해 목숨을 던진 이들, 그리고 그들의 가족. 그 가족들이 본격적으로 움직였다. 자신들의 권리를 찾기 위해서 말이다.

레츠도 그런 그들의 바람을 들어주었다.

명분이 너무 좋았다. 외면할 수 없을 정도로 말이다.

크렌스피 영지를 위해 목숨을 바친 이들을 위해 준다는 것 하나만으로도 크렌스피 영지의 모든 이들의 가슴에 불을 지필 수 있으니 말이다.

레츠는 전사한 병사들의 가족을 우선으로 종자를 뽑았다. 말 그대로 나이 성별 신분을 가리지 않고 말이다.

"자네는 백부장인데도 종자가 되기를 원하는 것인가?"

"그렇습니다. 저는 종자가 되고 싶습니다."

"이해할 수가 없군."

테일 남작은 눈앞에 있는 원스렛을 이해할 수 없었다. 백부장의 지휘를 뒤로하고 종자의 길을 선택하려는 그의 행동은 누가 봐도 이상했다.

"종자가 받는 월급이 일반 병사의 월급보다 많은 것은 사실이지만, 백부장에 비할 바가 아니다. 더군다나 이제는 그나마 받던 월급도 내려간다는 사실을 알고 있느냐?"

"알고 있습니다."

"허! 그런데도 종자가 되고 싶다고? 자네 머리가 어떻게 된 것이 아닌가?"

윈스렛은 테일 남작을 향해 그저 웃음을 보일 뿐이었다. 그도 알고 있었다. 지금 자신이 어떤 행동을 하고 있는지 말이다.

"꿈입니다."

"뭐?"

테일 남작은 자신이 잘못 들었다고 생각했다. 갑작스레 꿈이라니, 황당해진 테일 남작은 저도 모르게 윈스렛에게 되물을 수밖에 없었다.

"저는 꿈이 있습니다."

"허. 꿈이라고?"

테일 남작은 윈스렛이 기사가 되고 싶어 한다는 것을 알고 있었다. 그리고 지금이 기사가 될 수 있는 절호의 기회란 것도 알고 있었다. 하지만 이건 정말 아니었다.

윈스렛은 실력이 뛰어난 병사이다. 그러하기에 백부장의 지휘까지 오를 수 있었다. 그러나 여기까지가 그의 한계였다.

서른이란 나이가 되고도 아직까지 마나를 느끼지 못했다. 마나를 사용하지 못하고도 백부장의 지휘까지 오를 수 있었지만 거기까지였다.

이는 앞으로 특별한 일이 없는 한 변하지 않을 사실이었다. 종자가 되어 체계적인 훈련을 받아도 기사가 될 가능성이 낮았다.

테일 남작의 목소리가 커졌다.

"네놈은 꿈을 이루기 위해 모든 것을 포기한다고 쳐, 그럼 네놈의 가족들은? 가족들은 어떻게 할 것이냐!"

테일 남작의 입에서 가족에 대한 이야기가 나오자 윈스렛의 표정이 급격하게 어두워졌다. 그러나 그의 얼굴에 서려 있는 결심은 흔들리지 않았다.

"테일 남작님. 저를 이곳으로 보낸 것은 제 아내였습니다."

"아내라고?"

윈스렛은 또다시 웃음을 보일 뿐이었다.

백부장이란 지휘를 뒤로하고 새로운 도전을 할 수 있는 용기를 얻은 것은 바로 아내가 있었기 때문이다.

누구보다도 윈스렛을 믿어 주고, 그의 자질과 능력을 알아준 존재. 바로 아내가 있었기에 윈스렛은 기사의 꿈을 포기하지 않은 것이다.

아내는 윈스렛이 얼마나 노력가인지 알고 있었다.

백부장이란 지휘도 남들보다 더 노력하고 노력해서 그 자리에 올랐다. 남들은 어렵다고 힘들다고 중간에 포기했지말 말이다.

윈스렛은 포기를 몰랐다. 한번 정한 것은 무슨 일이 있어도 해내고 만다. 재능? 그딴 것 필요도 없다. 오직 노력 그 하나면 모든 것을 이룰 수 있었다.

아내가 윈스렛을 전적으로 믿고 따르는 이유였다.

"티아라 양이 아닌가?"

"네. 란스 자작님, 그동안 안녕하셨어요?"

란스 자작은 종자가 되고자 찾아온 티아라를 보고는 놀란 마음을 감출 수가 없었다.

티아라가 여자이기 때문이 아니었다. 그리고 10살이란 어린 나이 때문도 아니었다. 그녀가 바로 그 유명한 티아라였기 때문이다.

블랙윙 기사단에서 티아라를 모르는 기사는 단 한 명도 없었다. 그만큼 그녀는 블랙윙 기사단에서 유명인이었다.

크렌스피 백작가문을 위해 한평생을 받친 노기사의 손녀가 바로 티아라였다.

부모님을 일찍 여의고 어려서부터 노기사의 손에 자랐으며 그녀 밑으로 여동생이 두 명이나 있는 이제는 어엿한 소녀가장이었다.

노기사마저 끝내 그녀들만 남기고 한 많은 생을 마감하자 그녀들은 살아가는 데 많은 어려움에 직면하게 되었다. 그때가 티아라의 나이 7살이었다.

7살의 소녀가 할 수 있는 일이란 없었다. 그런데도 티아라는 좌절하지 않았다.

배고프다고 울고 있는 동생들을 달래고 있던 티아라가 한 가지 결심을 하고 네이드빌 영주를 찾아갔다.

가문의 대를 이어서 기사로서 네이드빌 영주에게 충성하고 싶다고 말이다.

네이드빌 영주는 티아라가 여자라는 이유로 다른 일을 할 수 있게 도와주려고 했지만, 그녀가 반대했다.

자신의 가문은 기사의 가문이라며, 가문의 마나심법을 배워 기사가 되어 영주에게 충성하고 싶다고 말했다.

네이드빌 영주는 난감했다.

티아라는 여자의 몸으로 기사의 가문에 태어나 크렌스피 백작가문에 충성하기 위해서 종자 생활을 하고자 하는 충직한 가문의 후예였다.

영지의 기사들의 이목이 집중될 수밖에 없었다. 그러나 티아라를 종자로 받을 수는 없었다. 그녀가 너무나 어렸기 때문이다.

네이드빌 영주는 티아라에게 조금 더 자라고 찾아오라며 돌려보냈다. 그것이 최선이었다.

그때 블랙윙 기사단에서도 말이 많았었다.

티아라는 종자로 받아들이자는 쪽과 티아라가 너무 어려서 종자 생활을 할 수 없다는 쪽이었다.

결론적으로 티아라는 종자가 될 수 없었지만, 어린 티아라로 인해 블랙윙 기사단이 한동안 시끄러웠었다.

"크렌스피 영지를 사랑하는 사람이라면 누구나 종자가 될 수 있다고 들었어요."

란스 자작이 고개를 끄덕이며 대답했다.

"나이 성별 신분에 관계없이 종자를 뽑고 있지."

"그럼 이번에는 저를 종자로 받아 줄 수 있는 거겠지요?"

티아라의 표정은 단호했다. 마치 자신보다 크렌스피 영지를 사랑하는 이는 없다는 것처럼 말이다.

"티아라 양처럼 크렌스피 영지를 사랑하는 이는 없다고 봐도 과언이 아니지."

"좋게 봐 주셔서 고마워요."

티아라의 표정이 처음으로 밝게 변했다.

영지가 한창 종자 모집으로 바쁜 나날을 보내고 있을 때, 위릿이 한 아름이나 되는 서류 더미를 들고 레츠를 찾아왔다.

"이번에 행해진 모집에 약 1,000여 명에 달하는 병사들이 지원했으며, 그중 약 100여 명의 병사들을 종자로 선발했습니다."

위릿이 건네준 서류를 살펴보던 레츠가 말했다.

"그래. 생각보다 그 수가 많군."

"그들에게는 이번이 다시없는 기회였습니다. 그리고 아직도 많은 이들이 종자가 되기 위해 찾아오고 있습니다."

종자는 지금도 계속 모집 중이었다. 위릿은 그들 중 일차로 선발된 이들의 명단을 작성해 레츠에게 제출한 것이다.

"킥. 내가 생각해 낸 일이지만, 생각할수록 정말 짜증나는군."

평민에게 기사가 될 수 있는 길을 열어 줬다는 사실에 레츠는 참을 수 없는 짜증을 경험하고 있었다.

"귀족들만으로는 영지 발전에 한계가 존재합니다."

"알고 있어! 그렇기 때문에 더 짜증이 난단 말이다!"

레츠가 갑자기 이 같은 결정을 내린 것이 아니었다. 옆에서 위릿이 끊임없이 종용했기 때문에 내려진 결정이었다.

위릿은 영지의 발전을 위해서는 영지민의 참여가 무엇보다 중요하다고 매일같이 레츠에게 말했다. 영지민들에게 기사가 될 수 있는 기회를 제공해야 한다고 말이다.

기사는 명예로운 이들이다. 그런데 명예가 무언지도 모르는 평민들에게 기사가 될 수 있는 길을 열어 준 것이다.

"머리가 아파 오는군."

머릿속을 파고들어 뇌 속을 헤집어 놓는 통에 두통까지 심해지고 있었다. 자연스레 레츠의 짜증이 늘었다.

위릿은 레츠의 그런 감정을 알고 있었기에 행동 하나하나에 조심하고 있었다.

귀족들의 숫자도 많지 않았지만, 그들 모두를 활용한다고 해도 영지의 발전을 이끌어 내기에는 부족했다.

이 말은 다르게 말해서 귀족들의 능력이 부족하다는 것을 보여 주고 있었다. 평민에 비해 그렇게 뛰어난 모습을 보여 주지 못하고 있었다.

레츠가 가신들을 제외하고 평민인 호크와 위릿을 가까이하는 이유도 여기에 있었다.

귀족들은 태어날 때부터 특별한 존재이다. 이는 절대 불변의 진리였다. 그런 귀족들이 평민에게 도움을 받아야 하는 처지가 되었다.

레츠에게는 절대 용납할 수 없는 일이었다. 하지만 미래의 더 큰 권력을 위해서는 평민의 도움을 받아야만 했다. 그것이 레츠에게는 견딜 수 없는 수치로 다가왔다.

"후하."

레츠가 크게 심호흡을 내뱉는다. 언제 짜증을 부렸냐는 듯이 그는 한순간에 평정심을 되찾았다.

이미 일어난 일에 대해서 더 이상 신경 써 보았자 기분만 상할 뿐이었다. 잊어야 하는 것은 되도록 빨리 잊는 것이 좋았다.

"고아원 일은 요즘 어떻게 진행되고 있지?"

레츠가 의도적으로 다른 사안에 대해서 말을 꺼냈다. 위릿은 다른 서류 더미를 건넸다.

"재능을 보이는 이들로 이미 선발을 마쳤습니다. 이제 본격적인 훈련에 들어갈 예정입니다."

"알아서 잘하겠지만, 표면적으로는 자경단을 훈련시키고 있다고 믿게 만들어야 한다."

"명심하겠습니다."

레츠가 고아들을 이용해서 자경단을 만든 이유는 다른 데 있는 것이 아니었다. 바로 고아들을 따로 훈련시키는 사실을 숨기기 위함이었다.

레츠의 또 다른 힘이 되어 줄 이들을 선별해서 훈련에 들어가고 있었다.

"길드원들을 믿을 수 있겠지?"

"그들은 프로입니다. 소영주님을 실망시키는 일은 절대 없을 것입니다."

위릿이 강한 자신감을 내비쳤다. 그러나 레츠는 탐탁지 않아 했다.

"나는 말을 앞세우는 자를 경멸한다. 나에게 인정받고 싶다면 만족할 만한 결과를 보여라."

"최대한 짧은 시간 안에 만족하실 만한 성과를 보이겠습니다."

"좋아. 그들이 강하면 강할수록 너의 존재감 또한 커진다는 것을 명심해라."

위릿은 레츠가 지나가듯이 꺼낸 말에서 강한 권력의 향기를 느낄 수 있었다. 이번 일만 완벽하게 해낸다면 위릿은 자신이 원하는 것을 손에 넣게 될 것이다.

레츠와 위릿이 의견을 조율하던 그때, 응접실 밖에서 집사의 목소리가 들려왔다.

"소영주님. 란스 자작과 잉그리안 자작이 찾아왔습니다."

"들어오라고 해라."

레츠는 가신들이 찾아왔다는 집사의 말에 보고를 중단했다. 위릿이 하는 일은 가신들도 모르게 추진되는 일이었다.

"어서 오게."

"찾으신다고 들었습니다."

"그래, 자리에 앉아서 이야기하지. 그럼 자네는 이만 가 보게."

"알겠습니다, 소영주님."

레츠가 란스 자작과 잉그리안 자작에게 자리에 앉기를 권하면서 위릿에게 작별을 고했다.

"손님이 계셨다는 것을 알았다면, 잠시 뒤에 찾아오는 것이었는데 그랬습니다."

란스 자작의 말에 위릿이 손사래를 쳤다.

"아닙니다, 란스 자작님. 마침 볼일이 끝나고 나가려던 참이었습니다."

"그랬나? 그럼 다행이고."

"쓸데없는 얘기는 그만하고 날 찾아온 용건부터 말해 봐."

란스 자작과 위릿 간의 잡담이 길어지자 레츠가 중간에 차단하고 나섰다.

"아! 죄송합니다."

"그럼 저는 이만 나가 보겠습니다."

란스 자작이 곧바로 사과했으며, 위릿은 태연하게 고개 숙여 인사하고는 응접실을 빠져나갔다.

조금은 모자란 모습을 보여 주던 란스 자작은 위릿이 응접실을 빠져나가자 순식간에 차가운 표정으로 바뀌었다.

"저자가 소영주님이 말한 자입니까?"

"그래. 그보다 훈련이 시작되었나?"

란스 자작이 위릿에게 관심을 나타냈지만, 아주 잠시였다.

"방금 테일 남작이 훈련을 시작하는 모습을 보고 왔습니다."

일차로 선발된 종자들의 훈련이 시작된 것이다.

"눈여겨볼 만한 이가 있던가?"

훈련이 시작되었다는 말에 레츠가 고개를 끄덕이며 기분 좋은 미소를 지었다.

"나이 차이가 천차만별이라 상당한 애를 먹었지만, 눈에 띄는 몇몇이 있었습니다."

"좋아. 재능을 보이는 자들은 무조건 기사로 키워 내야 한다. 옆에서 조언을 해 주는 정도로 그치지 말고 혹독하게 다그치란 말이야. 내 말이 무슨 뜻인지 알고 있지?"

"알고 있습니다."

"어중간한 자는 필요 없다. 확실하게 기사로서 제 몫을 할 수 있는 자만 필요하다. 수단과 방법을 가리지 말고 그들을 가르쳐라! 그리고 훈련을 따라오지 못하는 자는 가차 없이 쳐내!"

최고의 훈련 환경을 제공해 가르칠 것이다. 그러나 낙오하는 자는 여지없다. 낙오자까지 신경 쓸 시간도 없거니와 그들을 가르칠 자금 또한 넉넉지 않았다.

"블랙윙 기사단 개개인의 노력이 무엇보다 중요하다. 내 의지가 아무리 강해도 블랙윙 기사단이 제대로 따라 주지 않는다면 이 모든 것이 무용지물이 될 것이다."

"블랙윙 기사단은 목숨을 바쳐서라도 소영주님의 뜻을 따를 준비가 되어 있습니다."

종자로 뽑힌 자는 블랙윙 기사단의 전체 숫자보다 3배나 많았다. 즉 기사 한 명이 책임져야 할 종자가 세 명이었다.

처음 종자를 모집할 때는 그들 모두를 기사로 양성하기로 작정하고 뽑았다. 그러나 막상 종자를 뽑고 보니 그들 모두를 기사로 양성해 낸다는 것이 현실적으로 불가능했다.

특히, 기사가 되겠다는 강한 목표 의식 없이 그저 기사에 대한 허영심만 가득한 이들이 눈에 띄게 많았다.

영지민들의 호응을 이끌어 내기 위한 목적이 강했기에 제대로 사람을 가려 내지 않고 종자를 뽑은 경향이 강했던 탓이다.

레츠는 지금 그런 자들을 걸러 내라 말하고 있는 것이다. 기사가 되고 싶은 자, 그리고 그에 따른 노력을 기울이는 자를 제외하고 전부 걸러 낼 필요가 있었다.

"임금을 줄여라. 종자들이 받는 돈이 줄어든다면 자연스레 떨어져 나가는 자들이 발생할 것이다."

"알겠습니다."

"자질이 부족한 자들은 인원에 상관없이 전부 정리해."

레츠의 단호한 말에 란스 자작이 고개를 끄덕였다.

란스 자작 또한 종자들을 전부 가르치는 것이 불가능하다는 것을 알고 있었다.

제대로 된 기사 하나 키워 내기 어려운 현실에서 수백에 이르는 종자를 모두 기사로 만든다는 것은 욕심에 지나지 않았다.

자질이 없는, 기사가 될 가능성이 없는 종자를 가차 없이 잘라 낸다. 그리고 그 자리는 추가 모집을 통해 채워 나간다.

"좋아. 그럼 블랙윙 기사단은 그렇게 하고, 잉그리안 자작, 귀족들에게 전했겠지."

"소영주님께 지시를 받은 그날 바로 귀족들에게 통보했습니다."

레츠와 가신들 사이에 회의가 끝나고, 그 내용이 곧바로 귀족들에게 전해졌다.

기사와 마법사.

귀족가문의 사람이라면 그 누구를 막론하고 기사나 마법사가 되어 몬스터랜드 토벌대에 참여해야 했다.

실력의 유무와는 상관없었다. 귀족이라면 무조건 한 번은 토벌대에 참여해야 하는 것이다.

귀족사회가 발칵 뒤집혔다. 마른하늘에 날벼락이 떨어졌으니 당연한 반응일 것이다.

귀족가문의 남자라면 상관없었다. 어차피 가문의 명예를 위해 기본적으로 기사서임을 받아야 하니까 말이다. 그런데 여자들은 달랐다.

아무리 귀족가문의 자식이라고 해도 제국에서 여자는 별다른 대우를 받지 못하는 것이 현실이었다.

현실이 이렇다 보니 귀족이라고 해도 남자와 여자의 대우가 다를 수밖에 없었다. 귀족사회에서 여자들은 가문과 가문 사이의 전략결혼에 이용될 뿐이었다.

귀족가문의 여자들은 태어난 순간부터 레이디가 되기 위해 철저하게 교육받고 자라 왔다. 다른 것은 상상할 수도 없었다.

두려웠다. 귀족으로 태어나 남다른 자부심에 살아왔다고 해도 두려움을 떨쳐 낼 수 없었다. 바로 몬스터랜드 토벌대에 참여한다는 사실이 말이다.

남자들도 두려움에 떠는데, 여자들이야 어떻겠는가. 보지 않고도 알 수 있었다.

"귀족들은 우선적으로 마법을 먼저 배워야 한다. 마법적 재능이 없다고 판단되어야 검을 배울 수 있는 기회를 주어야 한다."

레츠가 이처럼 극단적인 선택을 할 수밖에 없었던 이유는 바로 마법적 재능 때문이었다.

마법사는 기사와는 다르게 천부적인 재능에 상당한 영향을 받는다. 후천적 노력으로는 극복할 수 없는 무언가가 존재했다.

레츠는 확신하고 있었다. 평민보다는 그래도 태어날 때부터 선택되어진 귀족들이 남다른 재능을 가지고 있을 것이라고 말이다. 그런 확신이 있었기에 이 같은 일을 추진하고 있는 것이다.

"마법적으로 재능이 있는 귀족을 찾아내야 한다. 그것도 최대한 빠른 시일 안에 말이다."

"지금 마법사들이 귀족들을 찾아가서 일일이 확인하고 있습니다. 머지않아 좋은 소식이 전해질 것입니다."

잉그리안 자작의 말에 레츠의 얼굴에 못마땅한 표정이 역력

했다.

"마법사들이 귀족들을 찾아다니고 있다고? 지금 뭐하자는 것인가! 어느 시간에 마법사들이 일일이 귀족들을 찾아간단 말이냐! 귀족들을 영주성으로 불러들여라. 이곳에서 귀족들의 재능을 파악한다. 그리고 이곳에서 그들에게 마법을 가르칠 것이다."

크렌스피 영지에는 마탑이 없다. 그래서 따로 귀족들을 한데 모을 장소가 없었다. 레츠가 지금 영주성을 그 장소로 제공하겠다 말하고 있었다.

귀족들에게 마법을 가르치겠다. 이는 생각처럼 쉬운 일이 아니었다. 하지만 레츠는 자신이 있었다.

레츠는 크렌스피 영지에 있는 거의 모든 귀족가문의 비리를 알고 있다. 그는 귀족가문의 약점을 제대로 활용할 줄도 알고 있었다.

그의 손에 초토화된 몇몇 귀족가문의 예를 봐도 알 수 있었다. 그가 어떻게 약점을 쥐고 흔드는지 말이다.

지금도 그렇다. 그가 한 번 결정한 사항에 대해서 귀족들은 아무런 반발을 하지 못하고 있었다.

약점이 잡혀 있기 때문에 겉으로 드러나는 반발은 없었다. 레츠도 이미 짐작한 상황이었다.

속으로는 이번 결정을 받아들일 수 없을지라도 수면 위로 드러나는 반발은 없었다.

그 정도면 충분했다. 겉으로 드러나지 않는 불만은 불만이 아니었다. 그저 혼자만의 불만으로 그칠 것이 분명했기 때문이었다.

"귀족들을 가르친다는 것이 쉽지만은 않을 것이다. 그러나 솔선수범하는 모습을 보인다면, 생각처럼 어렵지만도 않을 것이다."

"솔선수범 말입니까?"

"그렇다. 영애님께서도 마법을 배우실 것이다."

……!

자이엔느가 마법을 배울 것이라 하고 있었다.

충격이었다. 이처럼 충격적인 발표는 근래에는 없었다. 귀족들에게 마법을 가르친다고 했을 때도 이처럼 충격적이지 않았다.

한동안 침묵은 계속 이어졌다. 원해서 이루어지는 침묵이 아니었다. 너무도 충격적인 발표였기에 란스 자작과 잉그리안 자작은 패닉 상태에 빠져 버린 것이다.

"영, 영애님께서 마법을 배우신단 말씀입니까? 다, 다른 귀족들처럼 말입니까?"

잉그리안 자작이 더듬거리며 말조차 제대로 꺼내지 못하고 있었다.

"잘 부탁한다, 잉그리안 자작."

레츠는 별다른 말없이 그저 부탁한다는 말뿐이었다.

자이엔느가 마법을 배운다는 것은 잉그리안 자작 밑으로 들어간다는 말이었다. 즉 잉그리안 자작이 자이엔느의 스승이 된다는 말이었다.

"하. 하하. 하."

잉그리안 자작의 입에서 어설픈 웃음이 터져 나왔다.

너무 좋아서 웃음은 나오는데 표정 관리가 전혀 안 되고 있었다. 그리고 그 표정으로 란스 자작을 바라보고 있었다.

"소영주님. 영애님이 정말로 마법을 배우시는 것입니까?"

란스 자작의 가슴이 세차게 뛰고 있었다. 너무도 놀라서 약간 언성까지 높아지고 있었다.

"이번 결정에 반발하는 귀족들을 포괄적으로 포용할 필요가 있었다. 그래서 내가 영애님께 부탁드렸다."

"하, 하지만 소영주님. 그렇게 되면 형평성에 어긋난다고 생각됩니다. 그럼 저희 쪽에는 소영주님께서 직접 참여하시는 것입니까?"

"내가? 누가 있어 나를 가르친단 말인가? 란스 자작 자네가 나를 가르칠 텐가? 더군다나 나는 토벌대에 참여한 전례까지 있다."

"아!"

레츠의 거절에 란스 자작이 장탄식을 터트렸다. 그러나 이와는 반대로 잉그리안 자작은 남몰래 안도의 한숨을 내쉬었다.

레츠가 의도했건 의도하지 않았건 기사보다는 마법사 쪽에 힘을 실어 주고 있었다.

"소영주님의 실력이라면 스승으로 참여할 수 있습니다."

란스 자작은 절박했다. 어떻게든 레츠를 붙들고 싶었다. 그러나 레츠는 전혀 그럴 생각이 없었다.

"거기까지 신경 쓰기에는 나는 너무도 바쁜 사람이다."

계속되는 레츠의 거절에 란스 자작과 잉그리안 자작을 저울질하던 평행추가 잉그리안 자작 쪽으로 서서히 기울어지고 있었다.

란스 자작은 이대로 모든 것을 포기하고 주저앉아 있을 수만은 없었다.

레츠를 끌어들이지 못한 것은 어쩔 수 없는 일이다. 그러나 이대로 잉그리안 자작에게 자이엔느를 안겨 줄 수 없었다.

다 된 밥에 재를 뿌려야 속이 후련할 것 같았다.

"영, 영애님도 토벌대에 참여하는 것입니까?"

란스 자작이 초강수를 들고 나왔다.

"그건 나도 생각해 봐야 하는 사항이다. 그러나 지금 심정으로는 영애님도 토벌대에 참여하는 것도 나쁘지 않다고 여겨진다. 토벌대에 참여하는 마법사의 실력이 그렇게 뛰어날 필요는 없으니까 말이다."

"히끅!"

란스 자작만이 아니었다. 잉그리안 자작 또한 너무 놀라서

딸꾹질이 다 나왔다.

"반대입니다. 절대 그 일은 찬성할 수 없습니다."

란스 자작과 잉그리안 자작이 자라에서 일어나서는 반대 의견을 제시했다.

레츠의 의중을 떠봤던 란스 자작이 가장 심한 반대를 외치고 있었다.

"훗! 말했지 않았나, 영애님의 토벌대 참여는 나도 생각 중이라고 말이다."

"안 됩니다. 절대 생각조차 해서는 안 되는 일입니다."

"후후후."

란스 자작의 강렬한 반대에 레츠는 그저 웃을 뿐이었다.

토벌대에 참여하는 마법사는 기초적인 마법 두 가지만 할 수 있으면 되었다.

어둠을 밝힐 수 있는 라이트 마법과 하늘을 나는 몬스터를 견제할 수 있는 매직 에로우 마법이었다.

물론 고위 공격마법을 사용할 수 있는 마법사를 선호하지만 기본적으로 마법사는 이 두 가지 마법을 사용하면 토벌대에 참여할 수 있었다.

레츠가 귀족들에게 마법을 배우게 해서 토벌대에 참여 시킨다는 생각을 하게 된 것도 이 같은 사실 때문이었다.

라이트 마법과 매직 에로우 마법은 가장 기초적인 마법인 것이다.

마법적 재능을 떠나서 마나를 느낄 수 있다면 누구나 배울 수 있는 마법이다. 기사도 노력만 한다면 배울 수 있는 것이 라이트 마법과 매직 에로우 마법이었다.

†제4장†

황궁으로부터의 연락

크렌스피 영지가 대대적으로 전력 증강의 움직임을 보이기 시작한 지도 2년여의 시간이 지나갔다. 그러나 대외적으로 그와 같은 사실은 알려지지 않았다. 그만큼 레츠가 철저하게 숨겨 왔다.

크렌스피 영지는 여타 백작가문들보다 군사력이 강했다. 이런 상황에서 크렌스피 영지가 군사력을 증강하고 있다는 소문이 나돈다면 상당한 외교적 문제로 대두될 가능성이 농후했다.

레츠로서는 그런 위험성을 안고 갈 필요가 없었다. 지금도 제국의 공작과 후작은 크렌스피 영지를 껄끄럽게 여기고 있었다.

보이지 않는 견제를 계속 받아 오고 있는 실정이었다. 임명식이 늦어지는 원인도 고위귀족들이 움직였기에 가능했을 것이다.

황제의 묵인도 한몫하고 있음이 분명했다.

귀족파의 득세로 황제파의 귀족들이 별다른 힘이 없었다. 이런 상황에서 황제파로 알려진 크렌스피 영지를 고의적으로 흔들고 있는 것이다.

제국의 변방에 위치한 백작가문이 자신들과 맞먹는 군사력을 보유하려 하고 있다는 이유로 말이다.

크렌스피 영지에 국한된 것만이 아니다.

영지를 발전시키는 가장 기본적인 방법이 타 영지의 발전을 저해시키는 데서부터 시작되었다. 자신의 영지만 발전시키면 되었다.

처음부터 크렌스피 영지가 모든 귀족의 표적이 된 것은 아닐 것이다. 분명 누군가 먼저 시작한 이가 있을 것이다.

크렌스피 영지가 귀족들에게 먹잇감으로 보이게 만든 존재가 말이다.

귀족들의 압박이 들어오는 것은 당연했다. 그리고 그들의 압박이 본격적으로 시작되자 영지의 발전에 상당한 악영향을 끼치고 있었다.

대외적으로 비밀에 부치는 것이 여러모로 좋았다. 철저하게 비밀을 유지하는 가운데 한 번에 하늘로 날아오를 기회를 노려야 했다.

레츠가 온갖 굴욕적인 상황을 묵묵히 감내하고 있는 이유가 여기에 있었다. 단 한 번에 모든 것을 터트리기 위해서 말이다.

2년이란 시간 동안 크렌스피 영지는 매우 튼실해졌다. 좀 더 자세히 말한다면 발전하기 위한 밑거름이 형성되는 기간이었다고 봐도 무방했다.

모집된 종자들 중에 재능이 보이는 자들로 고르고 골랐으며, 다시 한 번 영지민 전체를 대상으로 이차 모집이 이루어졌다.

처음 종자를 모집할 때처럼 열광적이지는 않았지만 대신에 기본 실력이 출중한 이들이 지원했다.

막연하게 기사가 되고 싶다는 허영심에 들떠 있던 어중이떠중이들이 자취를 감췄기에 가능했던 일이었다.

이번 일을 계기로 기본 실력을 갖추고 있는 자들이 종자로 지원하는 풍토가 마련되었다. 그만큼 블랙윙 기사단이 종자들을 제대로 다그치고 있다는 반증이었다.

레츠로서는 반가운 소식이 아닐 수 없었다.

주위를 꾸준히 맴돌면서 온갖 짜증을 불러일으키는 날벌레들이 스스로 떨어져 나갔다는 소식에 기쁨을 감출 수가 없었다.

레츠가 의도한 대로 흘러가고 있었다.

그는 기사가 되고 싶어 하는 종자들을 시험했다. 그저 막연하게 기사가 되고 싶다는 마음가짐을 가지고 있는 자들을 걸러 내기 위해 혹독하게 훈련시켰다.

엄청난 훈련이었다. 질적으로, 양적으로, 단련된 기사들도 혀를 내두를 정도로 말이다.

훈련을 견디지 못한 종자들이 하나둘 포기하기 시작했다. 기사가 되고픈 욕심은 있으나 당장 훈련 도중 죽을 것 같은 고통을 견디지 못한 것이다.

"중도에 탈락한 자들에게 병사가 될 수 있는 기회를 제공해라."

종자들 입장에서는 기사가 되는 것보다 병사가 되는 것이 훨씬 쉬웠다. 병사들이 하는 훈련이 상대적으로 약했다. 그것도 비교도 못할 정도로 말이다.

기사가 되지 못하고 중도에 탈락했지만 그래도 그동안의 훈련 성과가 있어서 병사로의 전향이 쉬웠다. 그리고 얼마 있지 않아 능력을 인정받아 십부장으로 승진하는 이도 나왔다.

병사로 전향한 이들 중에 십부장이 나오기 시작하자 중도에 포기하는 이들이 많아졌다.

개중에는 실력은 좋으나 종자가 받는 인금이 깎이면서 생활이 불편해진 이들이 다수 포함되어 있었다.

확실히 종자들이 받는 임금이 낮아지면서 많은 문제가 발생하고 있었다.

레츠는 이를 상관하지 않았다. 끝까지 가지 못하고 중도에 포기한 이들은 병사로 돌리면 그만이었기 때문이다.

병사들 중에서 종자로 전향한 이들이 상당했다. 그들이 다시 돌아오는 것이라고 여기면 되었다.

그렇지 않아도 병사들의 수가 증가하지 않아서 고민이었다. 스스로 병사가 되겠다고 하고 있으니 열렬히 환영하는 입장이었다.

마법을 배우게 된 귀족들은 불만이 상당했다. 뭐든 강제로 무언가를 해야 한다는 것은 강한 반발심이 생기게 마련이다.

귀족들은 기본적으로 자존심이 강했다. 그러나 레츠를 통해 자이엔느에 대한 소문이 퍼지면서 귀족들의 반발심이 자연스레 누그러졌다.

오히려 열광했다는 것이 정확할 것이다. 자이엔느와 같이 마법을 배울 수 있다는 그것 하나만으로도 충분했다.

일례로 장래가 촉망되는 젊은 귀족이 자이엔느가 마법을 같이 배운다는 소식을 접하고는 검술 수련을 그만두고는 마법을 배운다고 영주성에 찾아왔을 정도였다.

그 귀족만이 아니었다. 영지에서 제법 이름이 알려진 젊은 귀족들이 전부 마법을 배운다고 난리를 부리고 있었다. 바로 자이엔느로 인해서 말이다.

자이엔느 크렌스피.

크렌스피 영지의 실세 중에 실세.

몇몇 귀족들은 레츠보다 자이엔느를 더 높게 여기고 있을 정도로 그녀가 크렌스피 영지에서 차지하는 비중은 가히 최고였다.

즉 자이엔느와 친해질 수 있다면 곧바로 크렌스피 영지에서 입지적인 인물로 부상할 수도 있다고 여기는 것이다. 하지만 레츠가 이런 모습을 그냥 두고 보지는 않았다.

검을 잡고 최소 1년 이상 수련한 이가 마법을 배우겠다고 찾아오면 다시 돌려보냈다. 아니, 강제로 블랙윙 기사단의 종자로 만들었다.

마법을 배우는 귀족은 그동안 귀족으로서 아무런 의무도 하지 않는 귀족들을 대상으로 하는 것이다. 그래서 귀족가의 영애들이 대부분을 차지하고 있는 것이다.

자이엔느는 자신으로 인해 영지가 들썩거리고 있었지만 그것에 일일이 반응하지 않았다. 그저 자신이 해야 하는 일과를 묵묵히 해 나갈 뿐이었다.

오전에는 고아원에 있는 아이들을 돌보았으며, 오후에는 귀족들과 같이 잉그리안 자작에게 마법 강의를 들었다. 그리고 초저녁에 두 시간 정도 몇몇 마음이 맞는 귀족 영애들과 모여 독서 모임을 가졌다.

독서는 문학 소설을 읽는 것이 아니라 마법이 서술된 책을 읽고 서로 토론하는 모임이었다.

서로 간에 부족한 마법적 기초 지식을 가지고 있었지만, 토론 과정을 통해 자신이 알고 있는 정보를 공유하고 있었다.

독서 모임은 어느 귀족가의 영애가 자이엔느에게 권유해 만들어진 것이다. 그러나 마법을 배우는 것이 욕심이 아니라 자이엔느와 친해지는 것이 목적이었다.

레츠도 귀족들의 속마음을 알고 있었다. 그리고 이 모임을 노골적으로 이용해 먹을 작정이었다.

독서 모임에 참석하려는 귀족은 널리고 널렸다.

언제나 모임에 참석하려는 이들로 인해 영주성이 시끌벅적하고 있었다. 하지만 모임의 규모는 그리 크지가 않았다.

원한다고 모임에 참석할 수 있는 것이 아니었다. 더군다나 자이엔느는 자신과 또래인 젊은 귀족 영애들과만 어울리고 싶어 했다.

어느 날, 레츠가 자이엔느에게 제안했다.

마법 실력이 뛰어난 이들을 모임에 참가시켜 달라고 말이다. 모임이 질적으로 향상되기를 원한다고 말이다. 이에 모임의 고문으로 에이드 남작을 붙여 줬다.

모임의 규모가 제법 커져 갔다. 마법에 관한 기초 지식이 풍부한 이들이 제법 존재했기 때문이다. 그리고 그런 이들은 아직도 많이 존재했다.

레츠가 모임에 다시 한 번 제동을 걸었다.

강제로 모임의 규모를 일정하게 유지시킨 것이었다. 모임에 참석하고 싶으면 기존의 이들과 실력을 겨뤄야 했다.

레츠의 의도대로 시간이 흐를수록 자이엔느가 주도하는 모임은 엘리트화 되어 가고 있었다.

레츠는 여기에 기름을 부어 댔다. 더 활활 타오르라고 말이다. 한 달에 한 번씩 모임에 포함된 인원들과 같이 만찬을 열어 즐겼던 것이다.

레츠는 모임의 엘리트화뿐만 아니라 사교화 시키는데도 앞장선 것이다.

레츠는 귀족들의 사심을 자극하고 있었다. 독서 모임에 포함된다면 영지의 중추적인 인물로 성장할 수 있다는 밑밥을 제대로 던져 놓은 것이다.

귀족들은 가히 폭발적인 반응을 보여 주었다.

사심이 가득한 모임이었기에 가능한 열기였다. 그로 인해 귀족들은 자신들이 썩 내켜 하지 않았던 마법을 열정적으로 배우게 되었다.

모임에 포함된 이들은 이들대로 모임에 계속 남아 있기 위해서, 그리고 모임에 포함되지 않은 이들은 모임에 들어가기 위해서 보이지 않는 싸움이 계속 벌어지고 있었다. 그리고 그로 인해 레츠의 계획은 점점 이루어지고 있었다.

기사와 마법사 모두 아주 조금씩 체계가 잡혀 가기 시작했다. 레츠는 어느 정도 체계가 잡혔다고 판단되어지자 병사에 대해 신경 쓰기 시작했다.

기존의 병사들보다 최소 5배 이상을 증가시켜야 하기에 여간 부담스러운 것이 아니었다.

이것저것 신경 써야 할 것이 많았고, 가장 중요하면서 기본이 되는 것이 영지의 인구수가 증가해야 한다는 것이다.

영지의 인구수 증가가 뒤따르지 않는다면 레츠의 계획은 뿌리부터 흔들릴 수 있었다. 그만큼 인구수 증가는 가장 중요한 일이었다. 그러나 그것이 그리 쉬운 일이 아니었다.

영지의 인구수를 늘리는 것은 아무리 레츠라고 해도 어쩔 수 없는 것이다. 인구수 증가는 시간만이 해결해 줄 수 있는 것이니 말이다.

그나마 고아원의 원생인 고아들을 대상으로 자경단을 만들었기에 위안이 되었다.

고아원의 규모는 날로 커져 가고 있었다. 그만큼 들어가는 자금 또한 커져 가고 있었지만, 고아원의 규모가 커져 갈수록 영지의 인구수가 조금씩이나마 커져 나갔다.

크렌스피 영지에서뿐만 아니라 다른 지역의 영지에서도 고아들을 모집하고 있었기 때문이다.

고아원이 커져 가자 덩달아 자경단의 규모 또한 커져 갔다. 레츠는 자경단 전원을 병사로 전향시킬 생각이었다. 그래야 예정대로 병사들의 숫자를 채울 수 있었다.

자경단에서 전향되는 이들은 일반 병사가 아닌 최소 십부장 이상으로 키워 낼 생각이었다.

고급 인력. 레츠는 자경단을 고급 인력을 충당하는 수단으로 이용할 생각이었다.

자경단은 하루 종일 혹독하게 훈련이 이루어지고 있었다. 종자들이 받는 것만큼은 아니지만 성인 남성도 견디지 못할 정도의 강도였다.

어린 나이의 고아들이 결코 견딜 수준이 아니었다. 그러나 레츠는 더더욱 혹독하게 밀어붙이기를 원하고 있었다.

자경단 내에서 남다른 재능을 보이는 이들을 따로 모아서 비밀 무력단체를 만들고 있는 상황이었다.

남겨진 인원들로 십부장 이상의 병사로 훈련시켜야만 하는 것이다. 자질이 남들보다 떨어지기에 훈련의 강도가 강해질 수밖에 없었다.

레츠는 여기저기 신경 써야 할 부분이 많았다. 하루 종일 움직여도 시간에 쫓길 정도였다.

그에게는 그나마 다행스러운 것이 따로 인원을 충당해 만들고 있는 비밀 무력단체는 도둑 길드에서 책임을 진다는 것이다.

도둑 길드는 크렌스피 영지에서는 공식적으로 존재하지 않는 단체였다. 전력 외라는 말이었다. 도둑 길드를 통해 비밀 단체를 만들고 있는 것은 누구도 모르는 일이었다.

레츠가 지금까지 철저하게 숨겨 왔던 것이다. 가신들에게도 알려 주지 않았다. 이는 레츠의 숨은 세력으로 훗날 그에게 상당한 힘을 실어 줄 것이다.

힘든 일이다. 영지의 인구수를 증가시키는 것은 말이다. 레츠의 독려로 많은 부부들이 아이를 가지고 있지만 많이 부족했다.

특단의 조치가 필요했다.

고래로(자고 이래, 예부터 내려온 말) 영지의 인구수를 증가시키는 방법 중 가장 특화된 방법이 한 가지 있었다.

가장 단순하면서도 가장 효과적인 방법이었다.

영지전을 거쳐 상대 영지의 모든 것을 흡수하는 것이다. 이 방법이 가장 빠르게, 그리고 확실하게 영지민을 5배 이상으로 만드는 방법이었다.

전쟁이 일어나면 많은 사람이 죽는다. 그러나 죽는 사람보다 더 많은 사람을 영지민으로 흡수할 수 있었다.

크렌스피 영지와 인접해 있는 영지는 그 대상을 가리지 않고 사람을 심어 두기 시작했다.

고아원에서 따로 뽑은 아이들로 그 아이들은 크레스피 영지를 위해 다른 영지에서 뿌리를 내리고 살아가게 될 것이다.

크렌스피 영지가 모든 준비를 끝냈을 때, 인접해 있는 영지 중 한 곳을 집어삼킬 것이다. 그때 레츠가 심어 둔 아이들이 상당한 역할을 할 것이다.

레츠는 은밀하게 그 일을 추진하기 시작했다.

네이드빌 영주가 죽은 지도 벌써 3년이란 시간이 지났다.

리콘이 예견했던 것처럼 3년이란 시간 동안 황궁에서는 레츠에게 어떠한 연락도 주지 않았다.

레츠가 처음 리콘의 말을 들었을 때는 발끈했던 것도 사실이지만, 조금씩 시간이 흘러가자 이제는 아무런 감흥도 없었다.

아니다. 햇수로 3년이란 시간이 지나고 나니 속에서 알 수 없는 무언가가 끓어오르고 있는 중이었다.

임명식은 갈수록 늦춰지고 있는 상황에서 황궁에서는 꼬박꼬박 세금을 잊지 않고 받아 가고 있었다.

속에서 열불이 터지지 않을 수가 없었다.

귀족으로서 의무를 강요하면서 그에 따른 권리는 내팽개치고 있는 작금의 현실을 받아들일 수 있는 이는 존재하지 않을 것이다.

레츠도 마찬가지였다. 자존심이 유난히 강한 그가 언제까지 참을 수 있을지 미지수였다.

남에게 무시당하는 경험은 월 하나면 충분했다. 더 이상 그 누구에게도 무시당할 생각이 없었다. 그것이 황제라고 해도 말이다.

그나마 다행스러운 것이 리콘이 예견했던 대로 3년이 지나고 나자 황궁에서 연락이 왔다는 것이다.

모월 모일에 영주 임명식을 거행한다는 연락이었다. 가신들은 드디어 황궁으로부터 연락이 왔다고 모두 들떠 있었다.

지난 3년 동안 아무런 연락도 없었다는 사실을 까맣게 잊은 것처럼 말이다.

"황궁에서 연락이 오고 나서 너무 들떠 있는 것이 아닌가? 조금 더 자신의 지위에 맞는 모습을 보여라."

"하지만 소영주님. 오늘이 오길 기다린 지도 3년째입니다. 오늘 같은 날은 기분 좋은 마음을 즐겨야 하지 않겠습니까?"

테일 남작은 오늘 기분이 너무 좋았다. 기다리고 기다리던 연락을 오늘 받았기 때문이다. 행동 하나하나 말 한 마디마다 들떠 있는 마음을 엿볼 수 있었다.

"기분이 좋다 이건가?"

레츠는 테일 남작과는 달리 그다지 기쁘지 않았다. 당연히 와야 할 내용을 통보받았을 뿐이었다. 그것도 남들보다 3년이나 더 지나서 말이다.

더군다나 임명식을 하기 위해서 황궁을 가야 하는데, 몸만 따로 갈 수 없는 상황이었기 때문이다. 바로 세금과 같이 오라는 통보를 받았기 때문이다. 역시나 귀족으로서의 의무는 꼬박꼬박 지키라는 소리였다.

"3년이란 시간이 지난 뒤에서야 연락이 왔지만, 그래도 이것으로 소영주님이 정식으로 영주위에 오르실 수 있게 되었습니다."

란스 자작은 다른 모든 사항을 떠나서 레츠가 정식으로 영주위에 오를 수 있다는 사실 자체가 좋았다.

이는 잉그리안 자작도 마찬가지였다. 그동안 레츠에게 얼굴을 들 수가 없었는데 오늘부로 무거운 짐을 내려놓게 되었다.

"바로 황궁으로 출발할 수 있도록 준비해 놓겠습니다."

"황궁이라."

"그렇습니다. 임명식까지 날짜가 빠듯합니다. 준비를 해 놓지 않으면 임명식에 늦을지도 모릅니다."

잉그리안 자작은 잔뜩 몸이 달아올라 있었다. 심드렁한 레츠와는 반응부터가 달랐다.

임명식이 늦어진 것은 전적으로 잉그리안 자작의 책임이었다. 맡은바 소임을 다하지 못했는데 이제 와서 임명식 날까지 맞추지 못한다면 레츠에게는 물론 다른 가신들에게까지 얼굴을 들지 못할 것이 자명했다.

임명식에 제때 참석하지 못한다는 것은 레츠의 명예에 심대한 악영향을 미칠 것이 뻔했다. 어쩌면 가신 자리에서 물러나야 할지도 몰랐다.

잉그리안 자작의 몸이 달아오를 수밖에 없는 상황이었다.

"잉그리안 자작. 뭘 그렇게 허둥거리는 것인가. 어차피 수행원은 최소한으로 할 작정이다. 준비가 필요하지 않다는 말이다."

레츠는 그저 조촐하게 황궁에 다녀올 생각이었다. 누구보다 화려하게 하고도 싶었지만, 영지 사정상 부담일 수밖에 없었다.

"네? 그것이 무슨 말씀이십니까? 수행원을 최소한으로 한다니요? 말도 안 되는 소리입니다. 황궁으로 가는 것입니다. 누구보다 화려하고 웅장하게 하지 않으면 다른 귀족들의 웃음거리가 될 뿐입니다."

화려하고 웅장하다. 레츠는 그 모습을 떠올려 보고 저도 모르게 흐뭇해졌다. 그러나 마지막에는 고개를 가로저었다.

"하하하. 잉그리안 자작, 나는 이미 제국의 귀족들에게 무시당하고 있다는 것을 잊었는가?"

"소, 소영주님."

"아, 걱정할 필요는 없다. 최소한의 수행원을 동원하지만, 그 수행원의 면면은 최고로 할 작정이니까."

레츠가 살짝 자신의 심정을 내보였다가 이내 속으로 감췄다. 생각하기도 싫은 기억은 일찌감치 잊어버리는 것이 상책이었다.

이제는 지나간 일에 집착할 것이 아니라 앞으로 일어날 일에 대해 고민해야 할 때였다.

제국의 백작으로서, 그리고 한 영지의 영주로서 가지고 있는 명예는 땅에 떨어질 대로 떨어졌다.

비참한 마음마저 들지만 이 상황에서 임명식을 위해 황궁으로 찾아가 봐도 반겨 주는 이 하나 없을 것이다.

돌파구를 마련해야 했다. 제국의 여러 귀족들을 대상으로 스스로 자신의 존재를 부각시켜야 한다.

"란스 자작과 잉그리안 자작이 나와 함께 황궁으로 간다."

"저도 말입니까?"

란스 자작이 놀라서는 레츠에게 되물었다. 자신이 황궁에 가서 과연 할 수 있는 게 아무것도 없었기 때문이다.

잉그리안 자작이야 마탑을 통해 여러 귀족들과 친분을 유지하고 있었다. 그런 이유로 잉그리안 자작과의 동행은 예견되어 왔었다. 그러나 정작 란스 자작은 생각지도 못한 일이었다.

"백작의 신분으로 두 명의 자작을 가신으로 삼고 있는 영지를 찾아보기 힘든 것이 현실이다. 두 명의 자작이 나를 수행해 주는 것만으로 크렌스피 영지의 저력을 과시할 수 있을 것이다."

"그럼 가신들 전부를 수행원으로 데리고 가는 것이 어떻겠습니까?"

"말했지 않는가. 최소의 수행원으로 최대의 효과를 보고 싶다고 말이다."

란스 자작과 잉그리안 자작.

크렌스피 영지에서 최고의 기사와 최고의 마법사이다. 그리고 제국 어디에 내놓아도 전혀 손색이 없을 정도로 훌륭했다.

레츠는 이 둘만을 데리고 황궁으로 찾아갈 생각이었다. 어차피 그가 황궁에서 신경 써야 하는 이들은 같은 귀족 계급의 백작들이었다.

공작이나 후작 신분의 귀족이 레츠를 무시해도 어쩔 수 없었다. 그들은 너무나 높은 고위귀족이라 지금으로써는 어떻게 할 수 없는 처지였다. 다만 같은 계급의 백작들은 달랐다.

레츠가 황궁에 도착하는 순간 보이지 않는 기 싸움이 벌어질 것이 자명했다. 황제의 신임을 받는 것은 작위와는 상관없으니 말이다.

정확히 말하면 지금 이 순간에도 보이지 않는 누군가와 신경전을 벌이고 있다고 봐야 했다. 그러나 레츠는 지금 상대해야 할 적이 누군지 모른다는 문제가 있었다.

레츠를 3년간이나 물 먹인 존재가 있다. 누군지는 모르지만 레츠가 황궁에 도착하면 분명 그의 앞에 모습을 드러낼 것이다.

대비해야 했다. 그러지 않으면 적에게 눈 뜨고 코가 베이는 경험을 하게 될 것이 자명했다.

보여 줄 것이다. 자신의 능력이 아닌, 황제를 등에 업고 날뛰고 있는 존재에게 말이다. 그동안 받아 왔던 많은 굴욕을 갚아 줄 것이다.

"소영주님. 수행원을 최소한으로 하는 것에는 반대하지 않지만, 여기서 황궁까지는 꽤나 먼 거리를 이동해야 합니다. 가는 동안 불편하지 않으시겠습니까?"

레츠는 크렌스피 영지의 얼굴이었다. 그런 그의 행색이 초

라해 보인다면 그것은 그것대로 문제였다.

란스 자작은 이것을 걱정하고 있었다. 란스 자작 자신과 잉그리안 자작만으로는 레츠를 제대로 보필할 수 없음을 너무도 잘 알고 있었기 때문이다.

"호크도 데리고 갈 생각이다. 용병 생활로 다져져 있어서 만약 노숙을 하게 되더라도 재빠르게 조치를 취할 수 있을 것이다."

"호크라."

와이든의 뒤를 이어서 경비대를 책임지는 사내였다. 그러나 란스 자작은 호크에 대해 별로 아는 것이 없었다. 호크와 그렇게 마주칠 기회가 없었기 때문이다.

"경비대 대장으로 괜찮겠습니까? 그리고 경비대 대장이 장시간 자리를 비워 둔다면 경비에 심각한 문제가 생길 수도 있습니다."

어쌔신의 침입을 경험한 적이 있었다. 그 이후에 경비에 대해 상당한 신경을 쓰고 있는 상황에서 경비대 대장인 호크가 자리를 비우는 것은 적절치 않다고 판단하고 있는 것이다.

"호크가 자리를 비워도 위클렌트에게 경비대 일을 잠시 맡겨 둘 것이다. 그가 알아서 처신해 줄 것이다. 오히려 호크보다 더 나을 수도 있다."

"위클렌트라면 믿고 맡길 수 있습니다."

위클렌트에 대한 이야기가 나오자 란스 자작이 한발 뒤로 물러섰다. 위클렌트를 믿지 못한다는 것은 자기 자신을 믿지 못하는 것과 같았다.

크렌스피 영지에서 상급의 익스퍼트가 3명 존재한다. 란스 자작과 테일 남작, 그리고 마지막으로 위클렌트였다.

이들 세 명 모두는 상급의 끝에 도달해 마스터의 경지를 엿보는 실력자들이었다. 또한 서로가 서로를 가장 믿고 있기도 했다.

"자금은 어느 정도로 준비해야 좋겠습니까? 아무래도 황궁에 당도하면 많은 돈이 필요할 것 같습니다. 미리 예상하고 계시는 금액이 있으십니까?"

자이엔느와 같이 영지의 자금을 담당하고 있는 에이든 남작이 조심스레 말을 꺼냈다. 관례상 귀족들에게 일정 금액을 손에 쥐어 줘야 했다.

레츠가 에이드 남작을 짜증이 가득한 표정을 담고 노려봤다.

"무슨 말도 안 되는 소리를 하고 있는 것인가! 지금 나보고 뇌물을 바치라고 하고 있는 것이냐!"

레츠가 한순간에 대노하자 에이드 남작은 어찌할 바를 몰랐다. 그가 갑자기 화를 내는 이유를 몰랐기에 더욱 그러했다.

"제, 제가 무슨 잘못이라도?"

"잘못? 자신이 어떠한 짓을 저질렀는지 모르는 것인가!"

레츠가 진정될 기미를 보이지 않고 있었다. 이렇게 되자 에이드 남작만이 아니라 그곳에 있는 가신 모두가 안절부절못하게 되었다.

"에이드 남작이 본의 아니게 실수한 것 같습니다. 네이드빌 영주님이 황궁과 연을 만들기 위해 뇌물을 사용한 적이 있었습니다. 소영주님께서 너그러이 용서해 주시길 부탁드립니다."

란스 자작이 눈치 빠르게 레츠의 마음을 파악했다. 그러고는 레츠의 마음을 진정시키기 위해 죽은 네이드빌 영주를 핑계 대며 발 빠르게 앞으로 나선 것이다.

귀족은 죽어서도 명예로워야 한다. 그러나 지금 이곳에 있는 이들 중 네이드빌 영주의 명예를 신경 쓰는 자는 한 명도 존재하지 않았다.

란스 자작의 입장에서는 죽은 네이드빌 영주보다도 레츠를 더 우선순위에 놓고 있었다. 레츠가 정식으로 황제에게 인정받을 수 있게 되었기 때문이다.

란스 자작의 행동을 보고는 다른 가신들도 레츠의 비위를 맞추기 위해 눈치를 보고 있었다.

레츠는 지금까지 임명식이 늦어지는 와중에도 별다른 내색은 하지 않았다. 마치 아무런 일도 없는 것처럼 지내 왔던 것이다.

겉으로 내색은 하지 않았지만, 속으로 엄청 삭이고 있었다.

그러다 에이드 남작의 한 마디에 터지고 만 것이다.

에이드 남작의 한 마디가 레츠의 자존심을 여지없이 후벼 파고 들어왔다. 지금까지 옹졸해진다는 생각으로 꾹꾹 눌러 참았던 것이 결국 터진 것이다.

"소영주님, 정말 죄송합니다. 제가 너무 경솔했습니다."

에이드 남작은 그제야 자신이 무엇을 잘못했는지 깨닫고 레츠에게 사죄했다.

"후읍, 됐다. 그만 넘어가자."

레츠의 숨소리가 상당히 거칠었다. 흥분한 모습이 여실히 드러나고 있었다. 그러나 그것도 잠시, 급격하게 흥분했던 만큼 빠르게 호흡이 안정되어 갔다.

에이드 남작에게 화를 내 봤자 그때뿐이란 사실을 알기 때문이다. 근본적인 문제를 해결해야 속에서 끓어오르는 감정을 해소할 수 있었다.

에이드 남작은 레츠가 어느 정도 진정된 기미를 보이자 조심스레 말을 꺼내 놓았다.

"죽은 네이드빌 영주님은 황제의 측근과 인연을 만들기 위해 많은 자금을 사용해 왔습니다. 하지만 그것도 네이드빌 영주의 죽음으로 모두 사라지게 되었습니다."

"언제부터 뇌물을 사용해 왔던 것이지? 내가 알기론 크렌스피 영지는 그동안 뇌물을 사용하지 않았던 것으로 알고 있었는데 말이다."

크렌스피 영지는 황제로부터의 관심을 끌어오기 위해 많은 일들을 해 왔었다. 그러나 그러는 와중에도 단 한 가지만은 사용하지 않았었는데 그것이 바로 뇌물이었다.

황제의 측근에게 뇌물을 줄 바에는 그 돈으로 병사를 양성하는 데 사용하자는 주의였다.

몬스터랜드를 방어하는 다른 영지들이 황제의 측근과 친하게 지내기 위해 상당한 자금을 사용할 때에도 홀로 병사를 양성하는 데 주력했던 것이다.

"네이드빌 영주님은 현재 영지의 전력이면 차고 넘친다고 생각했습니다. 현 상태를 유지하는 것만으로도 몬스터 토벌이 가능하다고 여겼습니다."

"뇌물을 먹여 봤자 아무런 혜택도 받지 못했을 텐데?"

뇌물을 먹인 만큼의 혜택을 받으려고 해도 거리상으로 황궁과 너무 멀리 떨어져 있었다. 그다지 뇌물을 먹인 효과를 보기 힘들었다.

"소영주님의 말씀대로입니다. 네이드빌 영주님도 알고 있었습니다. 그러나 뇌물이라도 주지 않는 이상 좀처럼 황궁으로 찾아갈 일이 없었습니다."

"나였다면 황궁으로 찾아갈 시간에 단 한 명의 병사라도 양성하는 데 투자했을 것이다."

"말씀드렸다시피, 네이드빌 영주님께서는 영지의 전력이 차고 넘친다고 여기셨습니다."

크렌스피 영지는 백작가문으로서 보유할 수 있는 전력은 이미 완성해 놓은 상태였다. 더 이상의 전력 증강은 말 그대로 욕심일 뿐이었다.

네이드빌 영주는 레츠와는 달랐다.

백작가문으로서 한계에 부딪치는 순간 적정선을 유지했다. 그리고 다른 곳에 관심을 두기 시작했다. 그것이 황궁으로의 본격적인 진출이었다.

네이드빌 영주는 끝내 황궁으로의 진출을 이루지는 못했다. 그도 거리상의 약점을 극복하지 못한 것이다.

레츠에 의해 막혔다고 봐야 하겠지만 지금까지 살아 있다고 해도 상황은 별반 달라지지 않았을 것이다.

레츠가 네이드빌 영주와 다르게 전력 증강을 원하는 것은 크렌스피 영지가 백작가문에 머물기만을 원하지 않기 때문이다.

후작가문, 더 나아가서는 공작가문으로의 승격을 원하고 있기에 전력 증강을 이루기 위해 노력하고 있는 것이다.

"나는 뇌물을 사용하지 않을 것이다. 그렇지 않아도 자금이 부족한 판에 굳이 남 좋은 일을 할 필요는 없다."

"소영주님의 뜻에 따르겠습니다."

레츠가 뇌물 사용을 원하지 않고 있었다. 가신들은 레츠의 의견을 따르면 되는 것이다.

"내일 바로 떠날 수 있게 착오 없이 준비해라."

"알겠습니다."

에이드 남작의 준비가 끝나자 레츠는 조촐한 수행원을 이끌고 황궁으로 출발했다. 단 세 명의 수행원을 이끌고 말이다.

레츠가 태어나서 처음으로 크렌스피 영지 밖으로 나오는 순간이었다.

†제5장†

황궁으로

레츠를 태운 마차는 크렌스피 영지를 빠져나와 츠크릿 자작 영지로 들어서고 있었다.

"이곳이 츠크릿 영지인가? 그런데 생각보다 몬스터의 숫자가 많군."

레츠가 검에 묻어 있는 오크 피를 닦아 내며 말했다.

츠크릿 영지에 들어선 지 얼마 되지 않고 오크 무리와 조우하게 되었다.

"그럴 것입니다. 몬스터랜드에서 이어진 산맥의 끝자락에 위치해 있는 관계로 몬스터의 출몰이 빈번하다고 알고 있습니다."

몬스터 간의 세력 싸움에서 밀린 몬스터들이 산맥 끝자락을 타고 츠크릿 영지로 들어서는 것이다.

크렌스피 영지가 몬스터랜드를 가로지른 산맥을 정면으로

마주 보고 있다면 츠크릿 영지는 산맥의 가장자리에 위치해 있었다.

몬스터랜드를 방어하기 위해 만들어진 영지를 후방에서 지원하는 역할을 위해 만들어진 영지였다. 즉 크렌스피 영지를 지원하기 위해 만든 영지였다.

옛날에는 몬스터의 침공이 대대적으로 이루어졌던 시대가 있었다. 그때는 일개의 영지로는 몬스터의 대대적인 침공을 방어하지 못했는데, 후방에서 츠크릿 영지에 병력을 지원받아야 했다.

츠크릿 영지도 한때는 엄청난 전성기를 구가하던 때가 있었다.

황제의 이름으로 몬스터랜드를 방어하는 영지를 지원하기 위해 엄청난 양의 물품을 츠크릿 영지로 보내왔던 적이 있었다.

일차적으로 그 많은 물품이 츠크릿 영지로 모였고, 그 이후 츠크릿 영지를 통해 각종 영지로 나눠졌다. 그 과정에서 상당량의 물품이 뒤로 빼돌려지기도 했다.

크렌스피 영지도 이런 사실을 알고 있으면서도 한마디 불평조차 하지 못했었다. 볼멘소리를 했다가는 물품 지원이 부실해지기 때문이었다.

시간이 흐르고 점점 몬스터의 침공을 손쉽게 막기 시작하자 황제로부터의 지원이 줄어들어 갔다.

황제로부터 지원이 끊겼을 때 츠크릿 영지는 상당한 난관에 봉착하게 되었다.

주위 모든 영지가 군사적으로 상당한 전력을 보유하고 있는 백작가문이란 사실을 피부로 느끼기 시작한 것이다. 그러나 후회는 언제나 늦었다.

전성기를 구가하던 것도 잠시 이제는 옛 영광을 뒤로하고 주위 영지의 눈치나 살피는 처지로 전락했다.

"영주성에 들러 피로를 풀고 가는 것이 어떻겠습니까?"

"그렇게 하지. 츠크릿 영지를 지나면 상당히 힘든 여정이 될 것이니 말이다."

레츠는 란스 자작의 제안을 받아들였다. 일행을 태운 마차가 츠크릿 영지의 영주성을 향해 움직였다.

"소영주님, 어서 오십시오."

"안녕하십니까. 처음 뵙겠습니다, 마그넷 츠크릿 자작님. 레츠 크렌스피라고 합니다. 그리고 저와 같은 일행인 란스 베이츠 자작과 잉그리안 바인트 자작입니다. 그리고 크렌스피 영주성의 경비대장인 호크입니다."

레츠가 차례차례 일행을 마그넷 자작에게 소개하고 있었다. 마그넷 자작은 이미 란스 자작과 잉그리안 자작과는 안면이 있었다.

"란스 자작님, 잉그리안 자작님, 오랜만입니다. 모두 만나

뵙게 되어 반갑습니다. 호크라고 했나? 자네도 반갑네."

"환대해 주셔서 감사합니다."

"환대해 주셔서 감사합니다."

"크렌스피 영지의 경비대장을 맡고 있는 호크라고 합니다. 이렇게 환대해 주셔서 감사합니다."

란스 자작과 잉그리안 자작은 마그넷 자작에게 가벼운 인사를 건넸지만 호크는 정식으로 인사를 올렸다. 그것이 예의이기 때문이다.

레츠가 마그넷 자작에게 공대한 이유는 아직까지 크렌스피 영지의 소영주 신분이었기 때문이다. 마그넷 자작에게 하대할 수 없다는 것이다. 서로 간에 자연스레 공대할 수밖에 없었다.

레츠의 공대는 어디까지나 예의에서 오는 행동일 뿐이었다. 마그넷 자작도 그런 사실을 알고 있었다.

황궁에서 돌아오는 길에는 레츠가 정식으로 백작에 임명될 것이기에 마그넷 자작은 레츠를 상당히 어려워했다.

너무도 당연한 현상이다. 크렌스피 영지와 츠크릿 영지는 영주의 작위뿐만 아니라 영지 간의 힘의 차이가 너무나도 선명하게 드러났다.

그 힘의 차이가 모든 것을 말해 주고 있었다.

마그넷 자작은 레츠가 자신과 똑같은 작위를 가진 가신들을 수행원으로 데리고 다니는 모습에 할 말을 잃었다.

처음에는 단출한 인원인 줄 알고 레츠가 겸손해 보이기까지

했었다. 그런데 알고 보니 수행원으로 자작들을 데리고 다녔다.

마그넷 자작은 이곳이 자신의 영지인데도 마치 남의 영지처럼 여간 거북스러운 것이 아니었다. 그래도 찾아온 손님이라고 준비는 철저하게 했다.

"만찬이 준비되어 있습니다. 아무쪼록 즐겁게 지내시길 바랍니다."

레츠가 찾아온다는 소식을 접한 마그넷 자작이 성대하게 만찬을 준비해 뒀다. 레츠에게 밉보여서 좋을 게 없기에 이번 기회에 점수를 따 놓을 심산이었다.

"이렇게 환대해 주셔서 고맙습니다."

레츠가 인사치레로 간단히 고마움을 표시했다.

정말 간단했다. 고개만 살짝 숙였을 뿐이니까 말이다. 그래도 마그넷 자작은 아무런 불만도 표시하지 않았다.

만찬은 성대하게 치러졌다. 웃음소리가 끊이지 않았으며 시종일관 화기애애했다. 그러다 마그넷 자작이 문뜩 생각나는 것이 있었다.

"소영주님, 혹시 소식 들으셨습니까? 제국에 6번째 소드 마스터가 탄생했다는 소식 말입니다."

……!

술과 음식을 먹으며 한껏 고무되었던 분위기가 한순간에 거짓말처럼 가라앉았다. 레츠는 자신이 잘못 들은 것이라고 생각했다.

"소드 마스터?"

"그렇습니다. 소드 마스터가 탄생했다는 소식에 제국 전체가 들썩이고 있습니다."

검을 수련하는 자들이 간절히 바라는 꿈의 경지, 꿈에서나마 바라볼 수밖에 없는 경지이다. 그것이 바로 소드 마스터였다.

제국에 새로운 소드 마스터가 탄생했다. 레츠가 잔뜩 굳은 표정을 숨기지도 못하고 마그넷 자작을 바라봤다.

"그자가 누구인지 알려 줄 수 있습니까?"

레츠와는 또 다르게 마그넷 자작의 얼굴이 빨갛게 상기되어 있었다. 술을 마셔 얼굴이 붉어진 것이 아니라 자신이 동경하는 이를 떠올리며 빨갛게 상기된 것이다.

"토미레 메이노프 후작님의 장남이신 치레이 메이노프 경입니다."

"치레이 메이노프?"

"에? 소영주님은 치레이 님을 모르십니까?"

레츠가 의문을 표시하자 마그넷 자작이 믿겨지지 않는다며 레츠에게 정말로 모르는 것이냐고 물어 왔다.

레츠는 치레이가 누구인지 모른다.

태어나서 지금까지 크렌스피 영지를 벗어난 적도 없으며, 영지 밖의 소식에 관심조차 주지 않았었다. 오로지 앞만 보고 달려왔던 것이다.

레츠도 자신이 주변 상황에 무관심하다는 것을 잘 알고 있었다. 그러했기에 짧은 시간 안에 크렌스피 영지를 손에 넣을 수 있었다. 그래도 이건 너무했다.

크렌스피 영지와 이웃해 있는 츠크릿 영지에까지 소식이 퍼져 나간 사건을 모르고 있는 것이다. 레츠는 물론 가신들까지도 말이다.

"음. 소드 마스터라, 대단하군."

"치레이 경이 마스터에 가장 근접해 있다는 평가를 받아 온 것은 사실이지만, 벌써 마스터의 경지에 이르렀다니 놀랍군."

란스 자작과 잉그리안 자작 모두 치레이의 소식에 감탄을 금치 못했다.

둘은 치레이가 누구인지 알고 있었다. 다만 치레이가 소드 마스터가 되었다는 소식을 아직 접하지 못했을 뿐이다.

"대단하군요. 소드 마스터가 되려면 얼마나 많은 노력이 필요할까요?"

호크의 반응도 마그넷 자작 못지않았다. 빨갛게 상기된 것이 잘 익은 사과처럼 보였다.

마그넷 자작은 마침 입이 근질거리던 차였던지라 호크에게 신나게 떠들어 대기 시작했다.

"치레이 경이 올해로 29살이라고 하니 상당히 빨리 마스터의 경지에 올라섰다고 하더군. 보통 소드 마스터의 경지에 오르는 시기는 30대 중후반이라고 하니 치레이 경은 자그마치 10년이나 빨리 소드 마스터가 된 것이지."

"10년이나 말입니까?"

마그넷 자작의 말에 호크는 엄두조차 나지 않는다며 혀를 내둘렀다. 그런 그의 반응이 재미있었는지 마그넷 자작이 은근슬쩍 장난을 걸어 왔다.

"자네의 연배를 보아 하니 앞으로 한참이나 남은 듯한데, 혹시 아나. 자네도 노력하면 40살 이전에 소드 마스터가 될 수 있을지 말이야."

호크가 손사래를 쳤다.

"에이, 농담이라도 그런 말은 하지 마십시오. 제 스스로 안 된다는 것을 알고 있습니다."

"하하하하!"

약간은 술에 취해 기분이 좋았던 마그넷 자작이 호탕한 웃음소리를 내며 즐거워하고 있었다.

"치레이 경에 대한 소식은 언제 접하게 된 것입니까?"

레츠가 마그넷 자작에게 물어 왔다.

크렌스피 영지에는 아직 알려지지 않는 사실이 마그넷 자작이 알고 있다는 사실을 못마땅해 하고 있었다.

"하하, 이거 참 부끄러운 이야기지만 제가 치레이 경에 대해 남다른 관심을 가지고 지켜보고 있었습니다. 그래서 다른 영지보다 빠르게 치레이 경의 소식을 접할 수 있었습니다."

마그넷 자작은 예전부터 치레이를 흠모하고 있었다. 자신보다 연배가 아래인데도 불구하고 말이다. 간간이 들려오는 치레이에 관한 소문에 자신의 일처럼 좋아했다.

마그넷 자작은 상당한 자금을 사용하여 치레이에 관한 정보를 수집하고 있었던 것이다. 그래서 남들보다 빠르게 알 수 있는 것이다.

레츠는 마그넷 자작이 치레이에 대해서 훤히 꿰뚫어 보는 이유를 알 수 있었다. 자금을 아끼지 않은 결과 남들보다 2~3일 정도 빠르게 소문을 접하고 있었다.

정보는 힘이다. 단지 2~3일 정도의 차이였지만, 그 차이가 전쟁의 승패를 뒤집을 수 있을 정도의 힘을 갖고 있었다.

"마그넷 자작님. 치레이 경에 대해 알고 계신 것이 있으면 들려주십시오."

"하하하!"

남이 모르는 것을 알고 있다는 것은 상당이 즐거운 일이다. 레츠의 질문에 자작은 평소보다 톤이 높은 소리로 치레이에 대해 말하기 시작했다.

"우선 천재입니다. 흔히 사람들 사이에서 통용되는 천재보다 한 단계 위에서 놀던 분입니다. 그러하기에 남들보다 빠르게 소드 마스터가 된 것이지요. 머지않아 그랜드 마스터가 될 수도 있다는 소문이 나돌 정도입니다."

소드 마스터에 오른 이들은 전부 천재라고 봐야 했다. 수십 수백만 중에 한 명의 존재이니 말이다. 그런 소드 마스터들 사이에서도 치레이는 단연 돋보이는 존재였다.

제국의 호사가들 중에는 그랜드 마스터가 될지도 모른다고 벌써부터 호들갑을 떠는 이들이 있을 정도로 치레이는 어릴 적부터 천재 소리를 달고 다녔다.

마그넷 자작의 입에서 나오는 말이 많으면 많을수록 레츠의 표정이 점점 굳어 갔다.

정작 중요한 정보에 대해서는 일체 언급도 없이 쓸데없는 소리만 계속 해 대고 있었기 때문이다.

좋아하는 음식과 색이 무엇인지, 치레이에게 아들이 없고 딸만 둘이라서 고민이라는 등, 치레이의 신변잡기에 대해서만 말하고 있었던 것이다.

"사람들에게 많이 알려진 정보 말고는 따로 알고 계신 것이 없습니까?"

"이거 소영주님께서 치레이 경에 대해 궁금한 것이 많으시군요."

마그넷 자작이 은근한 표정으로 레츠를 바라봤다. 혹시 자신처럼 치레이를 흠모하고 있는 것이 아니냐고 묻는 것이다.

"검을 수련하는 사람으로서 당연히 생기는 궁금함일 뿐입니다."

"에? 소영주님도 검을 수련하고 계십니까?"

마그넷 자작은 저도 모르게 속에 담고 있던 말이 튀어나와 버렸다. 레츠의 겉모습만을 보고 판단해 버린 것이다.

레츠가 어떻게 소영주의 자리에 오르게 되었는지는 까맣게 잊어버리고 말이다.

"……."

뜨겁게 달아오르던 분위기가 차갑게 식는 것은 순식간이었다. 레츠의 표정이 한순간에 딱딱하게 굳어졌기 때문이다.

마그넷 자작은 말을 꺼내 놓고는 아차 했지만 이미 분위기는 차갑게 가라앉은 뒤였다.

"죄송합니다. 저도 모르게 그만 말이 헛 나왔습니다."

마그넷 자작이 연신 사죄했지만, 레츠의 표정은 풀릴 기미를 보이지 않았다.

레츠의 몸은 누가 봐도 검을 수련하는 자라고는 생각하지 못할 정도로 부실해 보였다. 마그넷 자작이 은연중에 갖는 의문은 너무도 당연했다.

20살이 된 지금도 키가 커진 것 말고는 5년 전 모습과 별반 달라진 것이 없었기 때문이다.

레츠에게는 자신의 취약한 신체 조건은 상당한 콤플렉스로 작용하고 있었다. 마그넷 자작이 지금 그곳을 송곳으로 여지없이 후벼 파고 들어온 것이다.

"오늘은 여기까지만 하겠습니다. 다른 분들은 마저 즐거운 시간을 보내십시오."

레츠가 자리를 박차고 일어나더니 만찬이 벌어지고 있는 홀을 벗어나 버렸다.

만찬을 준비한 마그넷 자작에게 상당히 무례한 행동이었지만 레츠는 이를 신경 쓰지 않았다.

"마그넷 자작님, 술이 과하신 것 같습니다. 오늘은 이만 자리를 끝내는 것이 어떻겠습니까?"

"네? 아, 네. 그러는 것이 좋을 것 같습니다."

란스 자작이 만찬을 끝내기를 종용하면서 레츠의 방문을 환영하는 의미에서 치러진 만찬이 안 좋게 끝이 났다.

방 안으로 들어온 순간부터 레츠는 심각하게 고민하기 시작했다.

"소드 마스터라."

소드 마스터에 대해 리콘이 레츠에게 말해 준 적이 있었다. 그때는 소드 마스터를 그리 대단하게 여기지 않았었다.

시간이 지나면 자연스레 자신이 소드 마스터가 될 수 있다고 여겼기 때문이다. 그리고 크렌스피 영지의 기사와 마법사를 육성하는 것이 더 시급했다.

크렌스피 영지를 한 단계 도약시키기 위해 세웠던 기간이 20년이었다. 그 20년이란 기간 안에 자신이 소드 마스터의 경지에 들어서면 되는 것이다.

레츠는 충분하다고 여겼었다.

20년이란 시간이면 소드 마스터가 되고도 남음이었다. 그리고 크렌스피 영지에는 상급 익스퍼트에 있는 이가 3명이었다. 그들 중에도 소드 마스터가 한 명 탄생할지도 모른다고 생각했다.

밑도 끝도 없는 자신감이었지만 레츠는 단언하고 있었다. 바로 자신이 하늘의 운을 타고난 사람이라고 여겼다.

정확히 표현하자면 하늘을 속일 정도의 치밀함으로 앞날을 내다볼 수 있는 자신감을 가지고 있었기 때문이다.

크렌스피 영지의 후계자가 되었고, 이제는 크렌스피 영지의 영주가 될 수 있는 것도 하늘을 속일 수 있는 자신감. 그 자신감 하나로 지금 이 자리에 오른 것이다.

오늘 치레이에 대해 듣지 않았다면 앞으로도 계속 세상을 자신의 손바닥 위에서 가지고 놀고 있다고 착각 속에 빠질 뻔했다.

메이노프 후작가문.

메이노프 후작 영지를 다스리는 가문으로 귀족파가 황제파를 압도하는 데 지대한 영향을 행사한 가문이다. 제국 제일의 명문 가문이다.

레츠는 치레이에 대해서는 몰랐지만, 메이노프 후작가문에 대해서는 익히 알고 있었다. 레츠가 자신의 원대한 꿈을 이루기 위해서 한 번은 넘어서야 하는 가문이었기 때문이다.

레츠 자신이 바라는 절대 권력을 가지기 위한 계획은 차질 없이 진행되어 갔다. 크렌스피 영지를 수중에 넣었으며 이제는 제국을 상대하는 일만 남았다.

준비 기간이 조금 길다뿐이지 끝내는 원하는 것을 손에 넣을 수 있다고 판단했다. 그만큼 지금까지 레츠에게 세상은 너무도 손쉬운 먹잇감이었던 것이다.

메이노프 후작가문이 레츠 앞에 정면으로 등장하기 전까지는 말이다. 레츠 앞에 너무도 큰 장벽이 가로막고 있었다.

토미레 메이노프 후작.

현 메이노프 후작 영지의 영주로 이미 20년 전에 소드 마스터에 오른 인물이다. 귀족파를 실질적으로 이끌고 있기도 하다.

그의 아들인 치레이가 아버지의 뒤를 이어 소드 마스터에 오름으로써 한 가문에 두 명의 소드 마스터를 보유한 명실상부 제국 최고의 가문으로 발돋움한 것이다.

한 가문에 두 명의 소드 마스터라니, 레츠는 정말이지 대책이 서지 않았다. 더군다나 문제는 메이노프 후작가문으로 끝이 아닐 수도 있었다.

메이노프 후작가문에 뒤를 이어서 한 가문에 두 명의 소드 마스터가 탄생하지 않으리란 보장도 없었다. 제국은 넓었으며 인재는 넘쳐났다.

레츠는 치레이에 대해 생각하면 생각할수록 몸이 달아올랐다. 소드 마스터란 경지가 갑자기 너무도 멀게 느껴지고 있었다.

자신과 치레이의 실력을 비교해 보기 시작했고, 그렇게 되자 평정심이 무너져 내렸다. 마음에 조급함이 생겨난 것이다.

지금 레츠의 수준은 상급 익스퍼트에 다다라 있었다.

마나에 대한 것을 알게 된 이후 그 누구보다 빠르게 실력을 진일보 시켜 나갔다. 하지만 검술 실력은 1년 전부터 답보 상태에 놓여 있었다.

레츠는 지금 소드 마스터라는 벽에 가로막혀 있었던 것이다. 그러하기에 20년이란 시간이면 충분히 소드 마스터가 되고도 남음이라고 여긴 것이다.

레츠의 끝도 없는 자신감은 바로 자신의 실력에서 나오는 자신감이었다. 그런데 지금 그 자신감이 흔들리고 있었다.

한번 시작된 걱정은 한도 끝도 없이 커져 갔으며 멈추지 않고 계속되어 갔다. 이대로는 불안해서 아무것도 못할 것이 자명했다. 돌파구를 마련해야 했다.

"소영주님, 찾으셨습니까?"

"안으로 들어와라."

한참을 혼자 심각하게 고민하고 있던 레츠를 호크가 찾아왔다. 방으로 들어오면서 레츠가 하인을 시켜 호크를 부른 것이다.

"지금 당장 위릿에게 가서 내가 찾는다고 전해라. 그리고 이것도 같이 전달해라."

레츠는 밀봉한 편지를 호크에게 건네줬다.

"지금 당장 말입니까?"

"그래. 지금 당장 영지로 향해 출발해라. 말은 이미 준비해 뒀다."

"소영주님은 어떻게 하실 것입니까? 여기서 위럿을 기다리실 것입니까? 아니면 예정대로 황궁으로 출발하실 겁니까?"

"나는 예정대로 황궁으로 출발한다. 네가 빠르게 움직인다면 이곳과 황궁 중간 지점에서 만날 수 있겠지."

"그럼 이만 물러나겠습니다."

레츠가 타고 이동 중인 마차는 크렌스피 백작가문의 문장이 새겨진 가문을 대표하는 마차이다.

빠르게 이동하기보다는 남들에게 보여 주기 위해 화려하게 치장된 마차였다. 이동 속도가 느릴 수밖에 없었다.

다음 날 레츠가 일행을 이끌고 황궁으로 떠날 준비를 했다.

마그넷 자작은 레츠 주위를 계속 서성이며 안절부절못하고 있었다.

"나에게 하고 싶은 이야기가 있습니까?"

"아! 소, 소영주님. 간밤에는 편안하셨습니까?"

"덕분에 잘 잤습니다. 어젯밤은 저로 인해 만찬이 흐지부지 끝이 나서 죄송하게 됐습니다."

"아닙니다. 아닙니다. 전혀 그러실 필요 없습니다."

레츠의 사과에 마그넷 자작이 손을 흔들며 강하게 거부 반응을 보였다. 마그넷 자작은 레츠의 기분이 풀렸다는 그것 하나만으로도 만족하고 있었다.

레츠는 어제 하루 종일 마음속을 괴롭히던 일들을 모두 정리한 뒤였기에 차분한 마음으로 마그넷 자작을 대할 수 있었다.

마그넷 자작은 만찬이 열린 어제 레츠에게 알려 주려고 했던 소식이 있었다. 그런데 그만 자신이 말실수를 하는 바람에 알려 주지 못한 내용이었다.

"소영주님. 치레이 경도 이번에 영주로 임명이 된다고 합니다. 황궁에서 서로 만나실 수 있을 것입니다."

"영주 임명식이요?"

레츠가 놀라서 되물었다. 영주 임명식이라니, 말도 안 되는 소리였다.

"토미레 후작님은 어떻게 하고 치레이 경이 영주 임명식을 한단 말입니까?"

"그게 토미레 후작님이 영주직에서 물러나 제국 총기사단의 단장이 되신다고 합니다."

제국 총기사단 단장. 레츠는 처음 들어 보는 직책이었다.

"제국 총기사단 단장? 그런 직책이 있었습니까?"

"이번에 토미레 후작님이 영주직에서 물러난다고 하자 황제 폐하께서 새로운 직책을 만들었다고 합니다."

소드 마스터가 별다른 이유도 없이 아들에게 자리를 물려주고 일선에서 물러나려 하고 있었다. 그 아들 역시 소드 마스터이지만 말이다.

제국의 황제는 토미레의 은퇴를 받아들이려 하지 않았다. 이는 너무도 당연한 반응이었다.

소드 마스터는 제국의 힘의 상징이다. 아직도 젊은 사람 못지않은 토미레의 은퇴는 말도 안 되는 소리였다.

황제는 토미레가 늙어 죽기 전까지 제국을 위해 한 목숨 다 바쳐 충성을 다해 주길 원하고 있었다.

제국 총기사단 단장이라는 직책을 새로 만든 이유도 토미레를 현역으로 계속 활용하기 위한 것이었다.

제국에는 근위대를 제외하고 총 5개의 기사단이 존재하는데 황제는 토미레에게 기사단 전체를 총괄할 수 있는 권한을 준 것이다.

레츠 앞을 가로막은 벽은 하루가 다르게 날로 커져 가고 있었다.

레츠를 태운 마차가 황궁으로 소리 소문 없이 전진하고 있었다.

레츠와는 반대로 제국의 반대편에서는 치레이를 태운 마차가 엄청난 환영 인파를 뚫고 황궁으로 향하고 있었다.

극과 극의 상황을 연출하고 있는 것이다. 레츠에게는 관심조차 주지 않고 있었다. 제국의 모든 눈과 귀는 지금 치레이에게 모두 쏠려 있었다.

모든 열광적인 환영은 치레이에게만 국한된 것이다. 레츠는 세상으로부터 철저하게 외면 받고 있는 작금의 현실에 허탈감이 밀려들고 있었다.

세상은 언제나 냉정한 것이라고 했던가. 그 말이 정말 가슴에 와 닿았다.

지금까지는 레츠와 경쟁 관계에 있던 이들이 세상의 냉정함에 피눈물을 흘리며 사라져 갔다면 현재는 레츠가 세상의 냉정함에 철저하게 외면 받고 있는 것이다.

세상의 이치가 그러하다. 강자에게는 한없이 약하고, 약자에게는 한없이 강한 것이 세상의 이치였다.

란스 자작과 잉그리안 자작은 레츠를 앞에 두고 좌불안석일 수밖에 없었다.

온통 세상은 치레이로 인해 들끓고 있었다. 레츠를 위한 조금의 배려도 찾을 수가 없었다.

처음 레츠가 수행원을 조촐하게 준비한다고 해서 반대했었는데 이제는 오히려 그의 결정이 탁월했다고 여겨졌다.

수많은 수행원을 이끌고 황궁으로 향했다면, 철저한 외면 속에서 그 민망함이 배가 되었을 것이다.

"오늘은 이곳에서 하루 쉬었다 가시지요."

레츠는 란스 자작이 안내하는 대로 고급 여관으로 들어갔다.

"여기서 호크와 위릿이 도착할 때까지 기다린다."

"알겠습니다."

레츠가 먼저 호크와 약속된 지점에 도착해 있었다. 호크와 위릿이 가문의 문장이 새겨진 마차를 보고 여관으로 찾아올 것이다.

그날 저녁 호크와 위릿이 여관으로 들어왔다. 먼지가 뿌옇게 내려앉은 모습이 밤낮을 쉬지 않고 달려왔음을 짐작할 수 있었다.

"소영주님. 찾으셨다는 소리를 들었습니다."

"여기까지 오느라 수고했다. 내가 건네준 편지를 읽어 봤겠지?"

"그렇습니다. 그리고 죄송합니다. 조금 더 일찍 건네드렸어야 했는데 그러질 못했습니다."

레츠는 스스로가 생각하기에도 너무 한곳에만 치우쳐서 다른 곳은 신경 쓰지 못하고 지내 왔다고 판단했다.

그런 집중력이 있었기에 크렌스피 영지를 손에 넣을 수 있었지만 지금은 제국을 대상으로 활동해야 했다.

편협적인 시각으로는 무리가 따를 수밖에 없었다. 이제는 시야를 넓게 가질 필요가 있었다. 그러나 레츠는 제국에 대한 기본적인 상식이 부족했다.

스스로의 능력으로는 제국 전반적인 정보를 수집하는 데 한계가 존재했다. 그래서 위릿의 도움이 절실히 필요한 것이다.

도둑 길드의 수장.

위릿은 레츠가 필요한 정보를 무슨 수를 써서라도 마련해 오고야 마는 사내였다. 레츠에게 가장 필요한 인물이다.

도둑 길드에서 파악하고 있는 정보는 위릿을 통해 레츠에게로 전달되었다. 그리고 그 정보는 레츠의 머릿속에서 하나의 열매를 탄생시키고 있었다.

“이것이 지금까지 도둑 길드에서 파악한 자료인가?”

“그렇습니다. 요 몇 년간은 저희도 제국이 아닌 크렌스피 영지에 모든 전력을 투입했기에 현재 제국에서 일어나고 있는 일들에 대해서는 부족한 감이 없지 않아 있습니다.”

위릿이 레츠에게 또 하나의 자료를 건넸다. 처음 건넨 것은 지나간 과거에 일이라면 지금 레츠의 손에 들려 있는 것은 최근 한 달 사이에 벌어진 일이었다.

“급하게 모은 자료입니다.”

“쳇!”

위릿의 말에 레츠가 짧게 혀를 찼다.

급하게 모았다는 것은 다른 도둑 길드에게서 돈을 주고 정보를 샀다는 말이었다. 그것도 레츠가 있는 곳까지 이동하는 와중에 구입한 것이라 돈이 꽤 들어갔다.

자금의 압박을 심하게 받고 있는 상황이라 레츠의 입맛이 너무나 썼다. 자신이 괜한 돈을 쓰는 것은 아닌지 걱정이 될 정도였다.

최근 한 달의 정보가 중요하긴 하지만 이미 마그넷 자작을 통해 치레이에 대해 알게 되었기 때문이다.

설마하는 생각도 들었지만 치레이를 제외하고도 자신이 꼭 알아야 하는 정보가 있다고는 생각지 않았다.

자료를 읽어 봐도 거의 대부분이 치레이와 메이노프 후작가문에 관련된 정보가 대부분이었다. 너무 급한 마음에 사용하지 않아도 될 자금을 사용한 것이다. 역시나 입안이 너무나 썼다.

"길드에서 정보를 수집하는 데 있어 가장 많이 활용되는 것이 어떤 것이지?"

"아무래도 술집을 통해서 얻게 되는 정보가 상당합니다. 고급 정보는 이런 고급 여관처럼 귀족들을 상대로 하는 장사를 통해 얻을 수 있습니다."

도둑 길드에서 정보를 수집하는 데는 술집을 운영하는 것만큼 좋은 것이 없었다.

술집을 운영하면 간간이 고급 정보들도 걸려드는데, 그런 경우는 귀족가문에서 일하는 하인들을 통해 얻는 정보였다.

"황궁이 있는 수도에 술집을 하나 열려면 얼마 정도의 돈이 들어가는가?"

"황궁에 술집을 개설하시려고요?"

"술집을 열면 안 되는 문제라도 있나?"

"문제랄 것까지는 없지만, 수도에 술집을 열기 위해서는 이곳저곳 돈이 들어가는 데가 많습니다."

위릿이 썩 내켜 하지 않았다. 귀족들에게 뇌물을 제공하며 도둑 길드를 운영해 오다 레츠에게 된통 당하고 난 이후라서 상당히 꺼리고 있는 것이다.

괜히 앞으로 나섰다가 어떤 불똥이 튈지 몰랐기 때문이다. 레츠도 위릿이 머뭇거리는 이유를 알게 되자 그저 쓴웃음을 지을 뿐이었다.

"그놈들에게 제공되는 돈이 정보를 얻는 데 들어가는 돈이라고 여기면 된다. 나도 그 정도의 융통성은 가지고 있다."

"그렇게 말씀하신다면 차라리 수도의 뒷골목을 먹는 것이 어떠시겠습니까?"

"뒷골목?"

"그렇습니다. 사실 술집을 처음 시작할 때 들어가는 돈의 대부분이 그 지역을 잡고 있는 건달에게 들어갑니다."

수도 전 지역을 장악할 필요가 없다. 그럴 인력도 없고 자금도 없었다. 그저 남들의 시선이 덜 미치는 곳에 터를 잡으면 되는 것이다.

"길드 자체 힘으로 해결할 수 있나?"

레츠가 걱정하는 것이 바로 인력이었다. 한 지역을 장악하기 위해서는 꽤나 많은 인력이 충원돼야 하기 때문이다.

"그 정도의 여유 인력은 항시 대기하고 있습니다. 저희 길드의 특성상 무력이 약합니다. 백부장으로 두 명 정도만 지원해 주신다면 쉽게 처리할 수 있을 것입니다."

수도에서 뒷골목을 장악할 정도라면 꽤나 강한 무력이 필요했다. 우두머리를 제거할 인력이 필요했다.

"백부장을 따로 부를 필요가 없다."

"네? 그렇게 되면 상당한 시일과 노력이 필요합니다."

위릿이 다시 한 번 난색을 표하고 있었다. 도둑 길드의 자체 무력이 약하다는 것은 평생 따라다닐 비애였다.

"내가 처리한다."

"소영주님이 말입니까?"

"황궁에 가는 김에 내가 깔끔하게 마무리 짓고 영지로 돌아간다. 그다음 일은 네가 남아서 처리해라."

레츠가 황궁에 도착하고 2일이 지난 어느 날, 수도 뒷골목을 주름잡던 이들이 누군가의 피습에 모두 살해당하는 사건이 발생한다.

† 제6장 †

대학자 스토퍼스

레츠는 수도의 한 고급 여관에 머무르면서 임명식 날짜가 다가오길 기다리고 있었다. 임명식이 열리는 날보다 3일 먼저 도착한 것이다.

이틀은 수도의 한 여관에서 머물다가 하루 전날 황궁 안으로 들어갈 예정이었다.

"어딜 가나 치레이에 관한 이야기뿐이군."

레츠의 임명식에 관한 소문은 치레이의 소문에 완벽하게 묻혀 버렸다. 레츠는 그에 대한 짜증을 위릿이 알려 준 뒷골목 건달들에게 풀어 버렸다.

레츠는 임명식이 있기 하루 전날 란스 자작과 잉그리안 자작만을 데리고 황궁 안으로 들어섰다. 제국의 황제가 살고 있는 곳답게 궁 전체가 웅장하고 매우 화려했다.

"이곳이 황제가 살고 있는 곳인가. 정말 화려하군."

"웬만한 사람은 그 위용에 저절로 압도당할 정도입니다."

"황궁은 몇 번을 와도 대단하다는 생각밖에는 들지 않습니다."

레츠는 한번 이런 곳에서 살아 보고픈 마음이 생겼다. 어디를 둘러봐도 마음에 들지 않는 곳이 없었다.

레츠를 목적지까지 안내한 이는 황궁을 지키는 경비병이었다. 그들은 레츠가 황궁으로 들어온 순간부터 경호라는 명목으로 그의 일행을 따라다녔다.

"원래 이러는 건가?"

"그렇습니다. 저도 처음에는 부담스러웠던 것도 사실이지만, 이제는 뭐 그냥저냥 없는 사람 취급하고 있습니다."

"확실히 부담스럽기는 하군."

황궁에서 겁도 없이 난동을 부릴 이는 없다. 그런데도 레츠 일행을 따라다니는 것은 혹시나 있을지도 모르는 황제 시해 행위를 원천적으로 막기 위해서였다.

레츠는 경비병이 그렇게 싫을 수가 없었다. 감시를 받고 있다는 사실이 견딜 수 없을 정도로 모욕적이었기 때문이다.

잠재적 범죄자 취급을 받고 있다는 생각이 강하게 들었다. 이곳이 황궁이 아니었다면, 황제가 직접 지시를 내린 것이 아니었다면, 레츠는 경비병과의 동행을 받아들이지 않았을 것이다.

그나마 다행이라면 경비병이 하루 종일 따라다니지 않는다는 것이다. 건물 밖을 빠져나와 황궁 안을 돌아다닐 때에만 경비병이 따라붙었다.

"언제까지 따라붙을 생각이지."

"어쩔 수 없지요. 이곳이 황궁이니까 말입니다."

레츠의 투덜거림에 란스 자작이 대답했다.

"돌아가도록 하자."

방 안에만 있기 답답한 마음에 황궁 구경이나 해 보려고 했지만 옆에서 얼쩡거리고 있는 경비병이 신경 쓰여 포기해 버렸다.

"이제야 오십니까? 기다리고 있었습니다."

레츠가 방으로 들어가자 안에는 시종장이 기다리고 있었다.

"무슨 일로 나를 기다린 것이지?"

"내일 있을 임명식을 대비해 예행연습을 하셔야 합니다."

"예행연습?"

"그렇습니다. 황제 폐하 앞에서 실수하지 않도록 각별히 주의가 필요합니다. 그리고 실수를 하지 않으려면 사전 연습이 필요합니다."

레츠는 당황스러웠다.

황제를 모시는 시종장이라고 하더라도 귀족에게 명령조의 말투를 사용하고 있었다. 더군다나 레츠 자신은 시종장의 말을 따를 수밖에 없다는 사실이 굴욕적이었다.

시종장은 레츠를 임명식이 열리는 장소인 영광의 홀로 데리고 갔다.

레츠는 시종장의 지시에 따라 황궁예법을 배우고 임명식에 대한 예행연습을 시행했다. 그것도 밤늦은 시간까지 말이다.

"수고하셨습니다."

"수고하셨습니다."

예행연습을 끝내고 돌아온 레츠를 란스 자작과 잉그리안 자작이 반겼다.

"힘들군."

세 마디의 말속에 레츠의 모든 심정이 담겨져 있었다. 란스 자작과 잉그리안 자작은 그런 레츠를 보며 쓰게 웃을 뿐이었다.

"피곤하군. 이제는 쉬어야겠어."

"그러실 거라 생각하고 여기 자리를 마련해 뒀습니다."

레츠는 란스 자작이 마련해 둔 잠자리에 들어가 잠을 청했다. 시종장에게 하루 종일 시달려서인지 금세 잠이 쏟아졌다.

내일이면 백작이 된다. 그 생각만으로도 시종장에게 시달렸던 마음이 씻은 듯이 사라져 갔다.

"늦은 시간인 것을 알고 있지만 레츠 크렌스피를 만나고 싶네. 안에 있는가?"

막 잠에 빠져들려는 찰나 밖에서 자신을 찾는 목소리가 들려왔다. 못 들은 척 억지로라도 다시 자려고 했다. 그러나 밤늦게 찾아온 예의 없는 손님은 레츠를 기어이 깨우고야 말았다.

"소영주님. 죄송하지만 밖으로 나와 보셔야 할 것 같습니다."

"무슨 일인가?"

레츠의 목소리에 짜증이 묻어 나왔다. 너무 늦은 시간에 찾아온 이가 들으라고 일부러 한 것이다.

"스토퍼스 아리네오 백작님께서 만나 뵙기를 원하고 있습니다."

'스토퍼스 아리네오?'

레츠는 스토퍼스 백작이 누구인지 곧바로 떠올리지 못했다. 그러다 스토퍼스 백작이 누구인지 떠올릴 수 있었다.

"대학자님께서 저를 무슨 일로 찾아오셨습니까?"

대학자 스토퍼스.

제국 제일의 석학으로 황제의 신임이 매우 두터웠으며 뛰어난 두뇌 하나로 백작의 자리까지 오른 귀족이었다.

백작으로 불리기보다는 대학자라는 칭호로 불러 주길 원할 정도로 자신의 이름 앞에 붙어 있는 대학자란 타이틀에 자부심이 대단했다.

"자네가 레츠 크렌스피인가? 밤늦은 시간이지만, 나에게 시간을 내주기 바란다."

늦은 시간에 찾아온 것도 모자라, 이번에는 일방적으로 지시를 하고 있었다. 마치 레츠가 그의 아래인 것처럼 말이다.

레츠는 백작이란 작위를 가진 이에게 고개를 숙이고 들어가고픈 생각이 없었다. 어차피 이제 곧 자신도 백작이 될 것이니 말이다.

"시간이야 얼마든지 내드릴 수 있습니다. 그런데 저를 왜 찾아오셨습니까?"

스토퍼스 백작은 레츠를 만나기 위해 꽤나 오랜 시간을 기다려 왔다. 레츠가 시종장에게 황궁예법을 배운다는 사실을 알고도 끝날 때까지 기다린 것이다.

"자코린에 대해 알고 있겠지."

"자코린이 누구입니까?"

레츠는 자코린이 누구인지 모른다. 왜 스토퍼스 백작이 자신을 찾아와 자코린에 대해 물어보는지 그 이유를 알 수 없었다.

레츠의 말이 스토퍼스 백작을 자극했는지 그의 얼굴이 조금씩 상기되고 있었다.

"자네와 같은 크렌스피 가문의 방계인데 설마 모른다는 것이냐."

크렌스피 가문의 방계라는 소리에 레츠는 자코린이 누구인지 기억해 낼 수 있었다. 그만큼 레츠에게 자코린은 그저 한번 스쳐 지나가는 인연이었을 뿐이다.

위릿을 자신의 수하로 받아들이기 위해 자코린의 죽음이 필요했을 뿐이었고, 황궁에서 찾아온 조사관과 네이드빌 영주의 환심을 사기 위해 라이벨에게 자코린 살인 혐의를 씌워 버렸다.

자코린은 레츠에게 있어 그저 그때그때 필요에 의해 사용되어진 도구에 지나지 않았다.

레츠에게 있어 필요에 의해 사용되어지는 도구를 일일이 기억할 필요가 없었다.

자코린으로 인해 자이엔느와의 결혼이 차질이 발생하자 그가 생각보다 유명인이었다는 사실을 알게 되었을 뿐, 그 전이나 그 이후에도 그에 대해 아무런 관심도 없었다.

다시 한 번 말하지만, 레츠에게 있어 자코린은 그저 필요에 따라 이용되어진 도구에 지나지 않았다.

"대학자님. 저는 크렌스피 가문의 방계가 아닙니다. 직계 가족입니다. 자코린과 같은 취급을 받는다는 것이 썩 유쾌하지는 않습니다."

레츠는 크렌스피 영지의 소영주에 오르면서 자연스레 네이드빌 영주의 양자로 신분이 바뀌었다.

"자코린과 같은 취급? 네가 자코린이 계속 살아 있었다면 지금의 자리에 오를 수 있었을 것이라고 생각하느냐?"

스토퍼스 백작은 자코린을 무시하는 레츠가 그렇게 싫을 수가 없었다. 싫어하는 것으로 따지면 레츠도 만만치 않았다.

'뭐야. 이 새끼는.'

스토퍼스 백작이 대놓고 레츠에게 면박을 주고 있었다. 이는 있을 수 없는 일이다. 귀족이 귀족을 모욕하는 일은 서로 원수가 되자는 것과 진배없었기 때문이다.

스토퍼스 백작은 레츠를 모욕 줄 생각까지는 없었다. 그런데 레츠가 자코린이 누구인지 모른다고 말하자 순간 욱하고 치밀어 오르는 감정을 참지 못한 것이다.

레츠는 레츠대로 모욕을 당하고 가만히 있을 그가 아니었다. 가슴속 깊은 곳에서 피가 끓어오르기 시작했다.

스토퍼스 백작은 레츠가 어떤 생각과 행동을 하던 이를 무시하고 있었다. 그저 자신이 지금까지 가슴에 쌓아 놓은 울화를 모두 토해 내기 바빴다.

자코린이 누구인가. 스토퍼스 백작 자신의 제자로 여기며 아껴 왔던 이었다. 스토퍼스 백작 사후에 대학자란 칭호를 물려줄 유일한 인물이었다.

그런 자코린이 크렌스피 영지의 소영주 후보를 간택하는 와중에 누군가로부터 살해당한 것이었다.

마늘하늘에 날벼락이라도 정도가 있었다. 자코린이 살해당했다는 소식을 접한 스토퍼스 백작은 하늘이 무너지는 충격을 받았다.

당장 어떻게 된 일인지 황제에게 조사관을 파견해야 한다고 요청했다. 황제가 스토퍼스 백작을 달래며 잠시만 기다려 보자고 이야기했다.

황제의 설득으로 한발 뒤로 물러설 수밖에 없었던 스토퍼스 백작은 이제나저제나 크렌스피 영지에서 소식이 날아오길 간절히 기다리고 있었다.

자코린을 살해한 자를 찾아내면 당장에라도 크렌스피 영지로 달려갈 작정이었다. 그런데 기다리던 소식은 전해지지 않고 웬 귀족 하나가 죽은 자코린의 자리를 차지했다는 소식이 전해 왔다.

스토퍼스 백작은 다시 한 번 황제를 찾아갔다.

네이드빌 영주는 지금 다른 일에 바빠서 자코린에 대해 신경 쓰지 못하고 있으니 자신이 직접 범인을 색출해 내겠다는 것이다.

이번에도 황제가 스토퍼스 백작을 막아섰다. 그런 사소한 일에 대학자인 스토퍼스 백작이 일일이 움직일 필요가 없다고 판단했기 때문이다.

스토퍼스 백작으로 인해 황제가 자코린에 대해 알게 된 것이지, 황제는 자코린에게 그리 큰 관심이 없었다. 그저 장래가 촉망한 젊은 인재 정도로 여길 뿐이었다.

두 번의 황제로부터 거절 이후, 스토퍼스 백작은 크렌스피 영지에 대한 관심을 차츰차츰 끊어 버렸다.

자코린을 홀대하는 네이드빌 영주가 못마땅했기 때문이다. 스토퍼스 백작이 생각하기에는 자코린을 대신할 수 있는 이는 존재하지 않는 것이다.

자코린을 스토퍼스 백작에게 소개시켜 준 사람이 네이드빌 영주였다. 그래서 스토퍼스 백작이 자코린을 알게 된 것이다.

처음 관계는 네이드빌 영주를 통했다면, 이제는 자코린을 통해 네이드빌 영주와 연락을 주고받게 되었다.

네이드빌 영주도 자코린이 살해당한 이후 스토퍼스 백작과의 관계가 끊어질까 상당히 염려하고 있었다.

처음 스토퍼스 백작을 크렌스피 영지로 불러들이기 위해 얼마나 많은 돈을 사용했는지 짐작조차 할 수 없었다.

많은 돈을 사용해 스토퍼스 백작을 크렌스피 영지로 불러들였지만, 그 결과는 매우 만족하게 생각하고 있었다.

자코린으로 인해 스토퍼스 백작이란 매우 듬직한 배경을 손에 넣었기 때문이다. 황제로부터 무한한 신뢰를 받고 있는 스토퍼스 백작과 친분을 확실하게 쌓아 둔 것이다.

자코린의 죽음 이후, 염려하던 문제가 터졌다.

스토퍼스 백작이 본격적으로 네이드빌 영주를 압박하기 시작한 것이다. 뒤에서 황제를 움직여 자이엔느의 결혼식에 축하 사절단도 보내지 않았다.

레츠가 기지를 발휘해 황제로부터 직접 축하 인사를 받을 수 있었지만 네이드빌 영주는 가슴을 쓸어내릴 수밖에 없었다. 그런데 이것도 알고 보면 뒤에서 스토퍼스 백작이 뒤에서 손을 쓴 거였다.

어쌔신을 토벌했다고 한다. 자코린의 암살을 의뢰한 용의자를 잡기 위해서 말이다. 스토퍼스 백작은 네이드빌 영주로부터 기다린 것이 바로 이거였다.

당장 네이드빌 영주에게 메시지를 전달했다. 자코린에 대해 암살을 의뢰한 이를 잡아들인다면 그만한 대가가 따를 것이라고 말이다.

그 첫 번째가 황제로부터 직접적인 결혼식 축하 인사를 받을 수 있다는 것이다. 그리고 정말로 황제로부터 축하 인사를 받았다.

네이드빌 영주의 몸이 달아오르기 시작했다.

스토퍼스 백작이 원하는 것이 무엇인지 알 수 있었기 때문이다. 무슨 일이 있어도 자코린의 암살을 의뢰한 이를 잡아들여야 했다.

범인을 찾아내지 못한다면 만들어서라도 스토퍼스 백작 앞에 대령해야 했다. 다행히 레츠가 라이벨을 잡아들였다.

스토퍼스 백작은 황제에게 자신이 직접 라이벨을 심문하고 싶다고 말했다. 그러나 황제는 이번에도 거절했다. 크렌스피 영지가 너무나도 멀리 떨어져 있다는 이유에서였다. 대신 조사관의 파견을 허락했다.

프리첼 남작에 의해 라이벨은 형장의 이슬로 사라졌다. 당연히 스토퍼스 백작의 입김이 작용했다. 그렇게 라이벨이 죽음으로써 스토퍼스 백작은 마음속에 쌓여 있던 원한을 어느 정도 해소할 수 있었다.

스토퍼스 백작은 크렌스피 영지에서 마음이 떠나 있었다. 네이드빌 영주도 그와 같은 사실을 알고 있었다. 어떻게든 돌아선 스토퍼스 백작의 마음을 돌려놓아야 했다.

네이드빌 영주는 스토퍼스 백작의 마음을 다시 한 번 사로잡기 위해 레츠를 활용하기로 했다. 레츠는 자코린과 비견될 수 있는 인재였기 때문이다. 그러나 스토퍼스 백작은 냉담하기만 했다.

스토퍼스 백작의 입장에서는 레츠는 자코린이 가져야 할 자리를 차지한 자였다.

눈에 들어올 리 없었다. 그렇게 스토퍼스 백작과 크렌스피 영지 간에 인연이 끝나는 것 같았다.

네이드빌 영주가 죽었다. 어제까지만 하더라도 자신의 마음을 돌리려고 애쓰던 자가 말이다.

사인은 심장마비라고 한다. 어처구니가 없었다. 무슨 생각으로 네이드빌 영주의 사인을 심장마비라고 발표했을까? 스토퍼스 백작은 강한 의문을 표했다.

스토퍼스 백작은 따로 네이드빌 영주의 죽음에 관심을 가지기 시작했다. 이유는 알 수 없었지만 뭔가가 있을 것 같았다.

이곳저곳을 파헤치고 다닌 끝에 한 명의 신관을 만날 수 있었다. 그리고 네이드빌 영주의 죽음에 관련된 내막을 들을 수 있었다.

빵을 먹고 숨졌다. 정말 웃음밖에 나오지 않았다. 잠자기 전에 먹었던 빵이 목구멍을 막아 버리는 바람에 죽었단다. 이 무슨 말도 안 되는 사인이란 말인가.

스토퍼스 백작은 그 순간 자코린의 암살을 의뢰한 이가 따로 존재하고 있을 거라는 확신이 들었다. 이유는 없었다. 그저 지금까지 살아오면서 쌓아 놓은 지식과 연륜이 말해 주고 있었다.

레츠. 레츠 크렌스피.

가장 의심이 가는 이였다. 물증은 없지만, 이상하게 심증만은 강하게 작용하고 있었다.

스토퍼스 백작은 레츠에 관한 정보를 캐기 시작했다.

소영주 후보에 들어오는 과정과 그사이 퍼진 소문. 그리고 마창 시합과 몬스터 토벌대에서 보여 준 활약. 소영주가 되고 나서 어쌔신 길드를 토벌한 활약 등 정말 엄청났다.

네이드빌 영주가 자코린을 대신해 레츠를 소개시켜 준 이유를 알 만했다. 그러나 스토퍼스 백작에게 레츠는 눈엣가시 같은 존재였다.

스토퍼스 백작이 황제에게 요청했다.

레츠의 영주 임명식을 늦춰 달라고 말이다. 이번에도 자신의 요청을 받아들이지 않는다면 이대로 은퇴를 선언해 황궁을 떠나겠다고 천명했다.

황제는 스토퍼스 백작의 강력한 요청을 들어주지 않을 수 없었다. 크렌스피 영지보다는 옆에 있는 스토퍼스 백작이 중요했다. 이제 막 자라고 있는 황자들의 스승으로서 스토퍼스 백작 만한 인물이 없었다.

스토퍼스 백작의 요청으로 레츠의 영주 임명식은 무기한 연기되었다. 여기에 귀족파에 속해 있는 귀족들의 보이지 않는 동조가 있었다.

"자이엔느가 자코린을 마음에 두고 있었다는 것을 알고 있나?"

"영애님이 자코린을 마음에 두고 있었다고? 그래서 저보고 어쩌라는 겁니까? 영애님이 저와 만나기 전에 잠깐 스쳐 지나간 인연까지 내가 일일이 신경 써야 하는 것입니까?"

스토퍼스 백작이 시종일관 공격적으로 나오자 레츠의 반응 또한 좋을 수가 없었다. 어차피 레츠도 하루만 지나면 백작이 될 것이다. 스토퍼스 백작에게 꿀릴 이유가 전혀 없었다.

"잠깐 스쳐 지나가는 인연! 잠깐 스쳐 지나가는 인연!"

스토퍼스 백작의 목소리가 갈수록 커져 갔다. 그러나 레츠의 반응은 시큰둥했다.

"자코린이 뭐 그리 대단한 인물이라고 참내. 나에게 찾아와서 이러는 이유가 대체 뭡니까?"

"네가 자코린의 능력에 발끝조차 쫓아갈 수 있을 거라고 여기는 것이냐? 네놈이 진정으로 그러는 것이냐?"

스토퍼스 백작은 처음부터 레츠와 이리 싸우려고 찾아온 것이 아니었다. 그러나 레츠의 얼굴을 마주 대하고 나니 순간 감정이 폭발해 버렸다.

레츠는 또 레츠대로 스토퍼스 백작에게 받은 만큼 돌려주려 하고 있었다.

"자코린. 자코린. 왜 이곳에서 죽은 녀석을 찾고 있는 겁니까? 그리고 자코린이 나보다 뛰어난 것이 뭐 하나라도 있습니까? 검술 실력이 나보다 뛰어나길 해. 그렇다고 머리가 나보다 뛰어나. 어디 한 군데라도 나보다 뛰어난 곳이 있냔 말입니다."

레츠는 자꾸 자코린과 비교하는 스토퍼스 백작이 싫었다.

"뭐? 너처럼 비리비리한 놈이 무슨 검술 실력이냐. 그리고 네놈의 지식 수준은 자코린과 비견조차 되지 않는다는 걸 모르느냐!"

'비리비리한 놈에게 한번 맞아 볼래.'

목구멍까지 강하게 치고 올라온 말이었지만, 레츠는 끝내 밖으로 꺼내지는 못했다. 아직은 백작이 아니었기 때문이다. 그저 속으로 부글부글 끓는 화를 삭일 뿐이었다.

"내 검술 실력이 어떻고 어떻다고?"

레츠의 몸 주위로 강력하게 마나 작용이 일어나며 아우라가 발생하고 있었다. 경이로운 모습을 보여 주고 있었다.

스토퍼스 백작은 레츠가 만들어 내는 아우라를 보고는 그만

할 말을 잊고 말았다. 그는 레츠에 대해 많은 것을 조사하면서 검술 실력 또한 알고 있었다. 그러나 레츠를 비꼴 생각에 그만 실수를 하게 된 것이다.

"란스 자작. 밖에 있느냐?"

"여기 있습니다, 소영주님."

"손님이 나가신다고 한다. 정중히 배웅해 드려라."

레츠의 명백한 축객이었다.

스토퍼스 백작은 자신의 나이의 반도 안 되는 레츠에게 모욕을 당했다는 생각에 온몸을 부들부들 떨고 있었다.

"스토퍼스 백작님. 이만하시지요. 주변에 지켜보는 눈이 너무 많습니다."

스토퍼스 백작은 그제야 아차 싶었다. 이곳은 숨어서 지켜보는 눈과 귀가 너무나 많았다.

자신이 어린 레츠와 언성을 높이며 싸웠다는 소문이라도 난다면 망신도 이런 망신이 없었다.

스토퍼스 백작은 언제 자신이 레츠와 언성을 높였냐는 듯 아무렇지도 않게 란스 자작의 배웅을 받으며 밖으로 빠져나왔다.

"재수 없는 늙은이."

쾅!

레츠가 욕설을 내뱉으며 주변에 있는 의자를 발로 걷어찼다. 의자가 산산이 박살나며 이곳저곳 부서진 잔해를 뿌렸다.

"소영주님. 황제께서 옆에 끼고 도는 자가 스토퍼스 백작입니다. 그와 싸워서 좋을 게 없습니다."

"내가 뭘 어쨌다고!"

레츠는 자신이 스토퍼스 백작에게 했던 행동이 잘못되었다고 생각하지 않았다. 스토퍼스 백작은 처음부터 레츠에게 시비를 걸려고 찾아왔던 것이다.

자신에게 시비를 거는 상대에게 상냥하게 대해 줄 생각은 눈곱만큼도 없었다.

"똥은 무서워서 피하는 것이 아닙니다. 더러워서 피할 뿐입니다. 지금 크렌스피 영지는 한창 발전을 도모하고 있는 시기입니다. 이런 시기에 스토퍼스 백작의 견제라도 들어온다면 상당한 압박으로 작용할 것이 뻔합니다."

잉그리안 자작이 레츠를 달래기 위해 애쓰고 있었다.

레츠는 임명식이 끝나는 그 순간까지 평정심을 잃으면 안 된다. 이곳은 황궁이었다. 사방에 먹이를 노리를 하이에나들이 넘쳐나는 곳이다.

레츠는 분한 마음에 잠도 오지 않았다. 그렇게 밤새도록 스스로 감정을 다스리는 데 할애했다.

다음 날 레츠는 예정대로 임명식이 거행되었다. 황제로부터 정식으로 백작으로 인정받아 크렌스피 영지의 영주가 되는 것이다.

모든 것이 순조롭게 진행되어 가는데 한 가지 문제가 발생했다. 레츠의 영주 임명식에 참석한 귀족의 숫자가 많지 않았다. 거의 없다고 봐도 무방했다.

영광의 홀은 사람들로 가득 차 있었다. 그러나 귀족들의 모습은 찾아볼 수 없었다. 황궁에서 일을 하는 하인들이 대부분이었다.

'스토퍼스. 이 개새끼.'

레츠가 스토퍼스 백작을 향해 이를 갈았다. 작금의 상황을 만든 이는 누가 봐도 짐작할 수 있을 정도로 너무도 뻔했다.

툭. 툭.

황제가 레츠의 양어깨를 아무런 성의 없이 한 번씩 건드리고 검을 거둬들였다.

"크렌스피 영지의 소영주인 레츠 크렌스피를 오늘부로 백작으로 승계하고 크렌스피 영지의 영주가 됐음을 천명한다."

황제의 선언도 너무나 무성의했다. 그리고 그런 황제 뒤에서 스토퍼스 백작이 레츠를 비웃고 있었다.

레츠는 속으로 스토퍼스 백작을 향해 끊임없이 욕설을 내뱉고 있었다. 그러나 그것도 임명식이 끝나자 스토퍼스 백작에 대한 기억은 그의 머릿속에서 사라져 버렸다.

결과적으로 레츠는 자신이 원하던 영주의 자리에 정식으로 오르게 된 것이다. 이제는 정말 귀족 중의 귀족이었다.

레츠 크렌스피 백작.

생각만 해도 절로 웃음이 터져 나왔다.

이제 모든 것이 바뀌어 있었다. 어제까지만 해도 자신 앞에서 고개를 뻣뻣하게 쳐들고 있던 시종장이 레츠를 향해 공손하게 고개를 숙였다. 레츠의 달라진 위상을 보여 주는 대목이다.

이제는 정말 고위 귀족으로서 엄청난 혜택을 받을 것이며 그에 따른 의무 또한 막중할 것이다.

레츠의 임명식이 끝나자 황궁이 술렁거리기 시작했다. 드디어 기다리던 주인공이 등장했기 때문이다.

치레이가 수도에 도착했다는 소식이 퍼져 나간 것이다. 영웅의 등장이었다. 소드 마스터의 탄생을 축하해 주기 위해 엄청난 인파가 몰려들었다.

레츠는 그 인파들을 보며 착잡한 심경을 감출 수가 없었다. 자신과는 너무나 대조되는 반응을 보여 주고 있었기 때문이다.

란스 자작과 잉그리안 자작 역시 민망함에 몸둘 바를 몰랐다. 자신들이 레츠를 제대로 보필하지 못해서 생긴 일이라고 여겼다.

"돌아가자."

"네."

내일이면 황궁을 떠나야 했다. 떠나기 전에 황궁이나 확실히 구경해 둘 생각이었다. 화려하고 웅장한 황궁 건물들을 보고 있으면 착잡한 마음이 한결 나아질 거라 생각했다.

황궁을 바라보다 보면 여기서 한번 살아 봤으면 하는 생각이 강하게 들었다. 이곳이 제국의 최 정점이다. 이곳만 손에 넣으면 제국을 손에 넣을 수 있는 것이다.

레츠는 갑자기 웃음이 나왔다. 아무리 생각해 봐도 자신의 욕심이 끝이 없다는 것을 느꼈기 때문이다.

'차근차근하자. 차근차근.'

뭐든 급하면 체하게 되어 있다.

우선은 후작을 목표로 영지의 전력을 끌어올리는 것이 먼저였다. 거기에 더해서 소드 마스터까지 말이다.

황궁 안에 조성되어 있는 정원을 거닐고 있는데 스토퍼스 백작이 찾아왔다.

"어디 갔나 했더니 여기 있었군."

"또 무슨 볼일이십니까?"

"오늘이 지나면 다시는 보지 못할 거라서 마지막으로 얼굴이나 보려고 찾아왔네."

마지막으로 얼굴이나 보자고 찾아왔다고 한다. 그 정도라면 레츠도 충분히 시간을 할애해 줄 수 있었다.

"그렇습니까? 그거 듣던 중 반가운 소식이 아닐 수 없군요. 다시는 스토퍼스 백작님을 만나지 않아도 된다고 하니 말입니다."

"그건 나도 마찬가지일세. 그리고 말이야, 바른 말이지 오늘 있었던 임명식도 치레이 경이 아니었음 더 늦춰졌을 것이다."

"뭐라고?"

레츠는 잘못 들었다고 생각했다.

치레이로 인해서 자신의 임명식이 이루어질 수 있었다는 소리가 무슨 말인지 알아듣지 못했기 때문이다.

"토미레 총단장님이 메이노프 후작 영지의 영주직에서 물러나 그의 아드님인 치레이 경에게 영주직을 물려주지 않았다면 너는 절대 오늘 임명식을 거행하지 못했을 것이다. 앞으로 치레이 경에게 고마워해야 할 것이다."

치레이가 지정된 날짜에 후작으로 임명되기 위해서는 그 앞에 대기하고 있는 이들을 하루속히 해결해야 했다. 그래야 치레이의 임명식이 차질 없이 치러지기 때문이다.

치레이의 임명식이 결정된 순간, 스토퍼스 백작을 은연중에 도와주던 귀족파의 귀족들이 이제는 반대로 스토퍼스를 압박하기 시작했다.

레츠로 인해 치레이의 임명식이 늦어진다면 그걸 가만히 지켜만 보지는 않겠다는 뜻을 분명히 전달했다.

스토퍼스 백작은 레츠의 임명식을 계속 늦추고 싶었다. 그러나 현실은 그의 편이 아니었다. 그렇게 레츠는 제국의 6번째 소드 마스터의 등장으로 임명식이 거행될 수 있었다.

"크크크크, 푸하하하하."

레츠는 웃었다. 그저 있는 힘껏 크게 웃었다.

레츠의 웃음소리가 커지자 스토퍼스 백작이 당황하기 시작했다. 황궁 안에서 이처럼 큰 소리로 웃다가는 어떤 일이 벌어질지 몰랐다.

레츠는 스토퍼스 백작이 당황하거나 말거나 계속 웃기만 했다.

설마, 설마 했었다. 임명식이 자꾸만 늦춰지는 것이 아무래도 이상해서 설마 했었다. 그런데 정말로 누군가의 농간이 있었다니 그저 웃음밖에 나오지 않았다.

"스토퍼스 백작! 왜 그걸 나에게 알려 줬지? 끝까지 알려 주지 않았다면 좋았잖아. 그럼 이처럼 기분이 더럽지는 않았을 거야!"

레츠가 어금니를 꽉 깨물면서 한 자 한 자 힘을 주며 말했다. 강한 살기가 피어오르고 있었다.

레츠의 급작스런 돌변에 스토퍼스 백작이 저도 모르게 한 걸음 뒤로 물러섰다.

"차라리 어제라도 알려 주지 그랬어. 그럼 지금처럼 네놈에게 화를 내지도 못하고 꼼짝없이 당해 줬을 텐데 말이다."

어제의 레츠와 오늘의 레츠는 달랐다. 다른 사람에게 당하는 모욕을 참을 필요가 없는 것이다.

"스토퍼스 백작? 네놈? 아니, 이게 실성을 했나? 감히 누구

앞에서 함부로 입을 놀리는 거냐!"

주춤거리던 것도 한순간이었다. 스토퍼스 백작이 다시 앞으로 한 발 전진하고는 레츠를 노려봤다.

스토퍼스 백작은 레츠에게 씻을 수 없는 모욕을 심어 주기로 작정했다. 어젯밤에 받은 모욕을 그대로 되갚아 주고 싶었다. 그러했기에 굳이 알려 줄 필요도 없는 말까지 하면서 레츠를 몰아붙였다.

오늘 자신에게 당한 치욕을 생각하며 한평생을 치를 떨면서 살아가도록 만들어 주고 싶었다.

이제 갓 임명식을 끝낸 초짜 영주였다.

똑같은 백작 작위를 가지고 있다고 하더라도 그 급이 달랐다. 그리고 가장 중요한 것은 스토퍼스 백작 뒤에는 황제가 존재한다는 것이다.

모든 것이 스토퍼스 백작의 예상대로였다.

레츠에게 평생 잊지 못할 모욕을 가슴속에 새겨 넣을 수 있었다. 그런데 모든 것이 완벽하다고 생각했던 것이 레츠의 돌변으로 틀어지게 되었다.

"감히? 지금 감히라고 말했느냐?"

"아니, 이게 그래도!"

"아무리 존장에 대한 예우가 중요하다고 하지만, 그래도 같은 백작끼리 서로 최소한의 선은 지켜 줘야지. 스토퍼스 백작! 지금 본인이 무슨 행동을 저지르고 있는지도 자각하지 못하고 있지!"

레츠는 스토퍼스의 눈을 노려보며 강하게 말했다. 그러면서 손에 끼고 있는 장갑을 벗고는 스토퍼스의 오른쪽 뺨을 향해 던졌다.

짝!

레츠의 장갑에 얻어맞은 뺨이 빨갛게 부어오르고 있었다. 그가 던진 장갑을 맞은 스토퍼스 백작은 부어오르는 뺨의 아픔보다 지금 벌어지고 있는 현실에 당황하고 있었다.

"레츠 크렌스피 백작이 스토퍼스 아리네오 백작에게 정식으로 결투를 신청하는 바이오. 그대가 방금 한 행동이 정당하다고 여기신다면 나의 결투를 받아들이시오."

귀족과 귀족 간의 결투. 레츠는 지금 자신의 명예를 지키기 위해 스토퍼스 백작에게 결투를 신청했다.

"결투 방식은 스토퍼스 백작께서 직접 결정하시오. 나는 일대일 검술 대결도 받아들일 수 있고, 대리인을 내세워 하는 결투도 받아들일 수 있소. 그리고 마지막으로 영지와 영지 간의 대결도 받아들일 수 있소."

"무슨? 지금 무슨 짓을 벌이는 것이냐."

스토퍼스 백작의 목소리가 잘게 떨려 왔다. 이런 상황을 원한 것이 절대 아니었다. 그저 레츠에게 모욕을 주고 끝내려고 했을 뿐이었다.

"지금 내가 뭐하고 있는지도 모른다는 것이오? 나는 내 개인의 명예와 크렌스피 백작가문의 명예를 위해 그대에게 결투를 신청하고 있소이다."

"지금 하는 말이 정말이냐?"

스토퍼스 백작은 레츠가 자신에게 결투를 신청할 줄은 정말 상상할 수도 없었다.

"그렇소. 나는 한 입 가지고 두말하지 않소."

"대리인은 누구를 내세워도 상관없다고 했느냐?"

"누구라도 상관없소. 나는 실추된 내 명예를 위해 상대가 누구이건 가리지 않을 것이오."

"좋다. 그럼 결투를 받아들이지."

스토퍼스 백작이 주머니 안에 있던 장갑을 차례로 손에 끼더니 그중 오른손에 있는 장갑을 다시 벗어서 레츠의 뺨을 향해 힘껏 던졌다.

짝!

경쾌한 소리와 함께 레츠의 뺨도 빨갛게 변해 갔다.

"대리인이 결정되면 결투 날짜를 정해서 나에게 알려 주시오. 나는 '이슬이 머무는 집' 이라는 여관에 묻고 있을 것이오."

"알겠다."

레츠는 그 말을 남기고 스토퍼스 백작을 뒤로하고 그곳을 떠났다.

홀로 남겨진 스토퍼스 백작은 가슴 저 밑바닥부터 서서히 차오르는 모욕감에 어찌할 바를 몰랐다.

레츠를 모욕하기 위해 준비했던 모든 것들이 한순간에 물거품으로 변해서 날아가 버렸다. 이제는 레츠가 아닌 스토퍼스 백작 본인이 더욱더 모욕적인 일이 된 것이다.

"나에게 결투를 신청한 것을 후회하도록 만들어 주겠다."

결투를 받아들인 이상 레츠를 철저하게 무너뜨려야 했다. 그러지 않고서는 온몸을 휘도는 굴욕감을 해소할 길이 없었다.

레츠와 스토퍼스 백작 간에 결투 소식은 빠른 시간 안에 퍼져 나갔다.

레츠가 누구인지는 아무도 상관하지 않았다. 다만, 스토퍼스 백작이 결투의 장본인이란 소리에 다들 관심을 드러내고 있었다.

스토퍼스 백작이 누구인가. 제국 제일의 대학자이며 황제의 최측근이었다. 이런 스토퍼스 백작이 평범한 대리인을 내세우지는 않을 것이다.

스토퍼스 백작이 과연 누구를 대리인으로 내세울지 초미의 관심사였다.

"소영주님. 어찌하여 그런 일을 벌이셨습니까?"

"시끄럽다. 그럼 그런 모욕을 당하고도 가만히 있으라는 말이냐!"

레츠의 호통에 란스 자작은 꿀 먹은 벙어리처럼 아무런 말도 하지 못했다.

레츠의 말이 맞았다. 란스 자작도 스토퍼스 백작에게 그런 모욕을 당하면 참을 수 없었을 것이다. 임명식이 늦어진 원인이 바로 스토퍼스 백작 때문이었다.

"스토퍼스 백작은 황제 폐하가 아니더라도 본인 스스로의 능력으로 상당한 인맥을 형성하고 있습니다. 대리인으로 우리가 상상할 수도 없는 자를 내세울 것이 분명합니다."

"누구라도 상관없다. 가슴속에서 타오르는 울분을 씻을 수 있는 상대라면 상관없다."

"스토퍼스 백작은 대학자란 신분에 걸맞지 않게 귀족 간의 결투를 자주 벌이는 자이옵니다. 결투를 쉽게 여기지 마십시오."

스토퍼스 백작은 생각보다 적이 많았다. 그가 사람을 사귀는 데 있어 극단적으로 싫고 좋음이 갈리기 때문이다.

자신이 싫어하는 사람에게는 노골적으로 반감을 드러내기에 상당히 자주 귀족 간의 결투 신청을 받아 왔다.

다만, 단 한 번도 귀족 간의 결투에서 패배를 경험하지 않았기에 지금도 이렇게 앞뒤 가리지 않고 거침없이 행동하고 있는 것이다.

"스토퍼스 백작이 어떤 대리인을 내세워도 상관없다. 이번에 스토퍼스 백작을 내 앞에서 무릎 꿇게 만들 것이다."

레츠는 이번 기회에 스토퍼스 백작과의 결투에서 승리를 거둔 후에 자신의 이름을 제국 전역에 퍼지게 만들 작정이었다.

백작이 되었으니 이 정도의 유명세는 당연한 것이다. 스토퍼스 백작을 발판 삼아 제국 전역으로 뻗어 나갈 계획이었다.

†제7장†

치레이 메이노프

치레이는 메이노프 영지의 영주가 될 생각이 전혀 없었다. 그러나 토미레 총단장의 명령을 어길 수가 없었다.

토미레 총단장은 치레이가 어떤 생각을 가지고 있건 상관치 않았다. 자신이 정한바 대로 밀고 나갈 뿐이었다.

돌연 토미레 총단장이 제국 전역에 은퇴를 한다고 선언해 버렸다. 그러고는 치레이가 차기 영주가 될 것이란 것도 같은 날 공표했다.

치레이가 임명식을 위해서 황궁으로 출발하는 것까지도 토미레 총단장의 계획에 따라야 했다. 반항은 있을 수 없었다. 무조건 토미레 총단장의 지시를 따라야 했다.

언제인지 기억도 나지 않는 어린 시절부터 치레이는 자신의 뜻대로 무언가를 해 본 적이 단 한 번도 없었다. 그런 치레이가 소드 마스터가 될 수 있었던 것은 자신에 대한 믿음이 강했기 때문이다.

치레이는 자기 자신을 너무도 사랑했다.

자신에게 해를 끼치는 행위는 절대 하지 않으려고 했다. 토미레 총단장의 존재가 치레이를 자기애가 강한 사람으로 만든 원인이었다.

토미레 총단장의 손아귀에서 벗어나기 위해서는 무슨 일이든지 할 수 있었다. 그러나 치레이가 아무리 발버둥 쳐 봐도 토미레 총단장의 손아귀에서 벗어날 수 없었다.

유일하게 토미레 총단장의 수중에서 벗어나 자기 마음대로 행동할 수 있는 것이 한 가지 있었다. 바로 검술 훈련이었다.

토미레 총단장은 치레이가 검술 훈련을 할 때에는 아예 관심조차 주지 않았다. 치레이가 검술 훈련을 빙자해 퍼질러 놀고 있어도 아무런 제재도 가하지 않은 것이다.

토미레 총단장의 제재가 없다는 사실에 치레이는 너무도 기뻤다. 그래서 검술 훈련을 빙자해 계속 놀았던 적도 있었다. 그러나 치레이는 자기애가 무척이나 강했다.

노는 것도 하루 이틀뿐이었다. 그리고 검술을 수련한다는 것에 상당한 재미를 느꼈다. 그래서 미친 듯이 검에 몰두되어 갔다.

훈련이 거듭되면 거듭될수록 강해지는 자신이 무척이나 대견스러웠다. 그래서 힘든 훈련도 마다하지 않았다. 힘든 훈련일수록 그 성과가 크다는 것을 알고 있었으니 말이다.

29살이란 많지 않은 나이로 소드 마스터가 될 수 있었던 것도 토미레의 손아귀에서 벗어나고자 검술 훈련에 매진했기에 가능한 일이었다.

소드 마스터가 된 이후에도 토미레 총단장의 그늘을 벗어날 수 없는 것은 예나 지금이나 마찬가지였지만 말이다.

"소영주님. 스토퍼스 백작님께서 찾아오셨습니다."

"안으로 모시거라."

책을 읽고 있던 치레이가 안으로 들어오는 스토퍼스 백작을 보고는 책을 덮어 두고 자리에서 일어나 그를 맞이했다.

"어서 오십시오. 대학자님을 만난 지도 몇 년은 지난 것 같습니다."

"그러게 말입니다. 이제는 치레이 경에서 하대조차 할 수 없게 되었습니다. 그만큼 많은 세월이 흘러갔습니다."

"무슨 말씀이십니까. 대학자님은 아버지와 오랜 친우지간이십니다. 예전처럼 편하게 대해 주십시오."

"아닙니다. 상황은 언제나 변하는 것입니다. 변화된 상황에 맞춰 상대방을 존중해 주는 것 또한 매우 중요한 일입니다."

스토퍼스 백작은 레츠를 통해 깨달은 바가 적지 않게 있었다. 오래전에 형성된 관계만을 생각하고 행동했다가 아주 큰 낭패를 경험하게 된 것이다.

임명식 이후의 레츠를 적절히 대우해 주었다면 스토퍼스 백작은 지금쯤 황궁 어딘가에서 차를 한잔하면서 웃음 짓고 있을 것이었다.

레츠를 자기 마음대로 요리했다는 사실을 떠올리면서 말이다. 그러나 스토퍼스 백작은 레츠를 애송이로만 여겼었다. 크렌스피 영지의 영주라는 신분을 무시하고 말이다.

레츠와의 경험이 없었다면 스토퍼스 백작은 지금도 치레이에게 편하게 하대를 하고 있을 것이었다.

치레이는 레츠와는 다르게 스토퍼스 백작의 하대를 자연스럽게 받아들였을 것이다. 스토퍼스 백작과 토미레 총단장은 오래된 친우 사이이니까 말이다.

"토미레 총단장님은 잘 지내고 계십니까?"

"아버님은 언제나처럼 정정하십니다."

"하하하! 이번에 갑작스레 은퇴를 선언하셔서 제가 애를 많이 썼지요."

치레이는 스토퍼스 백작이 자신의 아버지인 토미레 총단장의 마음을 돌려놓기 위해 얼마나 노력을 기울였는지 알고 있었다.

황궁과 메이노프 영지는 상당히 멀리 떨어져 있었다. 스토퍼스 백작이 직접 메이노프 영지를 찾아가지는 못했지만, 매일같이 통신마법을 통해 토미레 총단장을 설득했다.

황제까지 나서고 난 뒤에야 토미레 총단장의 마음을 돌려놓았지만, 스토퍼스의 노력이 결코 헛되지는 않았다.

"토미레 총단장님은 황궁에 들르시지 않으십니까?"

"이번에 제국 총기사단 단장 임명식이 끝나고 잠시 휴식 차 영지로 돌아가셨을 뿐입니다. 앞으로는 계속 황궁에 머물러 계시겠지요."

치레이는 토미레가 제국 총기사단 단장에 임명된 것이 무척이나 반가웠다. 드디어 토미레 총단장의 그늘에서 벗어날 수 있기 때문이다.

"휴가가 끝날 때까지 영지에 머물러 계신다는 것입니까?"

"그렇습니다. 무슨 급한 볼일이라도 있으십니까?"

스토퍼스 백작은 순간 자신의 계획이 틀어졌음을 인정하지 않을 수 없었다. 레츠와의 결투에서 토미레 총단장을 대리인으로 내세울 생각이었기 때문이다.

"결투를 하게 되었습니다. 그래서 대리인을 찾고 있는 중이었습니다."

"이번에는 또 누구랑 하시는 겁니까? 어떻게 된 것이 대학자님께서는 하루라도 그냥 조용히 지나간 적이 없는 것 같습니다."

"하하하. 그렇습니까?"

스토퍼스 백작은 귀족 간의 결투를 상당히 자주, 그리고 많이 치러 왔다. 대학자라는 칭호를 받기 이전부터 결투는 그의 생활이나 다름없었다.

제국의 수도에서는 스토퍼스의 결투를 하나의 볼거리로 여기고 있을 정도였다. 즐겁게 웃고 떠들 수 있는 시간이었다.

반대로 스토퍼스 백작과 결투를 펼칠 당사자는 정말 곤혹스러울 수밖에 없었다. 자신의 명예를 지키기 위해 스토퍼스 백작과 결투를 벌어야 하지만 스토퍼스 백작은 오직 대리인을 내세워서 하는 결투만을 하기 때문이다.

언제나 상대를 도발해 모욕을 주고 상대가 결투를 신청하면 자신의 인맥을 동원해 명성이 자자한 기사를 대리인으로 내세웠다.

레츠와의 경우도 예전과 별반 다를 것이 없었다. 다만 이번에는 레츠의 결투 신청이 스토퍼스 백작의 자존심에 손상을 입혔다는 사실이 예전과는 조금 달랐다.

수많은 결투를 벌여 왔지만 레츠처럼 그의 자존심을 여지없이 무너뜨린 자는 없었다. 막말 자체를 하는 상대가 없었다는 것이 정확할 것이다.

위에서 자신을 내려다보는 것 같은 눈빛으로 쳐다보는 레츠의 모습이 그렇게 자존심이 상할 수가 없었다.

“이번에 단단히 혼을 좀 내 주고 싶은 상대가 있어서 토미레 총단장님에게 부탁하려고 했습니다.”

“아버님이 허락하지 않으실 겁니다.”

“알고 있습니다. 그래서 토미레 총단장님께 여신의 눈물을 넘겨 드릴 생각입니다.”

“여신의 눈물을 말입니까?”

여신의 눈물이란 말에 치레이가 순간적으로 욕망을 표출시켰다. 그만큼 여신의 눈물이 가지고 있는 명성이 대단했다.

여신의 눈물은 보석이었다. 그것도 물방울 다이아몬드로 이 세상에서 유일하게 있는 보석이었다. 그리고 여신의 눈물에 얽힌 일화는 너무도 유명했다.

천계에 있던 한 여신이 지상의 남자를 사랑하게 되었다. 그런데 그 남자 곁에는 이미 사랑하는 아내가 있었다.

여신은 자신 있었다. 여신의 미모는 너무나 아름다웠기에 이 세상의 모든 남자의 마음을 사로잡을 수 있다고 믿었다.

여신이 자신했던 것과는 다르게 남자는 여신의 사랑을 받아 주지 않았다. 여신이 아름다운 것은 사실이었다. 그리고 마음이 흔들린 것 또한 사실이었다. 그러나 끝내 남자는 여신의 마음을 받아 주지 않았다.

오랜 시간이 지나고 남자가 늙고 병들었을 때, 여신이 다시 찾아왔다. 나는 아직도 그대를 사랑하고 있으니 이제는 나의 사랑을 받아 달라고 말이다.

남자의 곁에는 이미 사랑하는 아내는 죽고 아무도 남아 있지 않았다. 그래서 여신은 이번에는 확신했다. 자신의 사랑을 받아 줄 거라고 말이다.

여신의 바람은 이번에도 끝내 이루어지지 않았다. 여신이 오랜 시간 남자를 잊지 못하고 지내 왔던 것처럼 남자 또한 죽은 자신의 아내를 잊지 못했던 것이다.

또다시 세월이 흘러 여신이 다시 남자를 찾아왔다. 그때는 이미 남자는 홀로 외로이 쓸쓸한 죽음을 맞은 뒤였다.

여신은 사랑하는 남자의 무덤을 만들어 주기 위해 찾아온 것이었다. 여신은 남자의 무덤을 그가 사랑하는 아내 곁에 만들어 주었다.

"당신은 알고 있나요. 그대가 살아 있는 동안에는 물론, 죽은 뒤에도 그대의 남편은 잠시도 다른 곳에 한눈을 판 적이 없다는 사실을 말이에요. 그리고 혼자 쓸쓸히 그대의 남편을 바라만 볼 수밖에 없는 한 여인이 있었다는 사실을 말이에요."

여신의 눈에서 눈물이 흘러 얼굴을 타고 바닥에 떨어졌다.

여신은 남자의 무덤을 한번 쓰다듬고는 하늘 위로 날아 올라갔다. 그러고는 두 번 다시 지상으로 내려오지 않았다.

여신이 떠나고 남은 자리에 여신이 흘린 눈물이 결정체로 변하여 세상에서 가장 아름다움을 뽐내고 있었다. 세상 모든 이들의 사랑을 탐내는 것처럼 말이다.

토미레 총단장은 그의 아내에게 선물하기 위해 스토퍼스 백작에게 여신의 눈물을 구매하려고 노력 중이었다.

"여신의 눈물이라면 아버지는 만사 제쳐 놓고 달려오실 겁니다."

"그렇기는 하지만, 토미레 총단장님이 너무 멀리 떨어져 계셔 가지고 말입니다. 이곳까지 오려면 상당한 시일이 걸린다는 것이 문제입니다."

스토퍼스 백작은 하루라도 빨리 레츠에게 패배의 쓴맛을 맛보여 주고 싶었다.

"치레이 경. 경께서 제 대리인이 되어 줄 생각은 없으십니까?"

"제가 말입니까?"

"그렇습니다. 만약 제 대리인으로 결투에 응해 준다면 여신의 눈물을 넘겨주겠습니다."

상당히 매혹적인 제안이었다. 하지만 치레이는 스토퍼스 백작의 제안을 거절했다.

"저는 조용히 있다가 조용하게 영지로 돌아가고 싶을 뿐입니다."

"상당히 아쉽지만 어쩔 수 없지요."

스토퍼스 백작은 치레이가 거절하자 돌아갔다.

치레이는 스토퍼스 백작의 제안을 거절하긴 했지만 자기 스스로 스토퍼스 백작의 대리인이 될 수밖에 없다는 사실을 잘 알고 있었다.

토미레 총단장이 치레이에게 대리인이 될 것을 종용할 것이기 때문이다.

치레이는 스토퍼스 백작을 만나고 난 뒤에 여러 가지를 조사했다. 특히 스토퍼스 백작과 결투를 벌이는 레츠를 만나기 위해 직접 찾아오기까지 했다.

레츠가 스토퍼스 백작을 기다리고 있던 사이 치레이는 임명식을 끝내고 정식으로 후작이 되었다.

"자네가 이번에 대학자님과 결투를 벌인다는 레츠 크렌스피 백작인가?"

"그렇습니다. 그런데 무슨 일로 저를 찾아오셨습니까?"

"대학자님께서는 나를 대리인으로 내세우고 싶어 하신다. 이미 거절을 했지만, 두 번째 제안을 해 오신다면 나도 더 이상 거절을 할 수 없다."

"그렇습니까? 알겠습니다."

레츠는 치레이 후작의 말을 듣고 그저 고개를 끄덕였다. 그는 상대가 누가 되었건 상관없었다. 스토퍼스 백작과 대결을 벌인다는 자체가 중요했다.

"자네는 나와 결투를 해야 할지도 모르네. 지금이라도 당장 대학자님을 찾아가 결투를 취소하게. 그것이 자네의 명예를 지키는 유일한 방법이다."

스토퍼스 백작은 토미레 총단장을 설득할 것이다. 여신의 눈물을 이용한다면 그건 너무나 손쉬운 방법이었다. 그리고 토미레 총단장은 자신을 대신해 치레이 후작에게 대리인이 될 것을 요구할 것이다.

치레이 후작은 자신이 원하지도 않는 결투를 해야 한다는 사실을 받아들일 수 없었다. 그래서 레츠를 찾아와 결투 자체를 없었던 일로 만들고 싶어 했다.

스토퍼스 백작 한 명에게 모욕을 당하는 것으로 끝나는 것이 낫지, 결투에서 패배해 제국 전역으로 망신당한다면 얼굴을 들고 다닐 수 없을 것이기 때문이다.

"제게 무슨 말을 하고 싶어 하는지 알고 있습니다. 그러나 저는 결투를 취소할 생각이 전혀 없습니다."

"이대로 가다가는 나와 귀족의 명예를 걸고 결투를 벌여야 할지도 모른다."

"그렇습니다. 저는 귀족의 명예를 걸고 스토퍼스 백작에게 결투를 신청한 것입니다. 그런데 대리인으로 치레이 후작님이 나오신다고 귀족의 명예를 포기하라는 말씀이십니까?"

레츠는 웃기지도 않는 말을 하지도 말라며 딱 잘랐다. 이대로 스토퍼스 백작과의 결투를 포기한다면 그의 손아래 다시 한 번 놀아날 가능성이 높았다.

스토퍼스 백작의 그늘에서 벗어나기 위해서라도 승패와 상관없이 결투는 무조건 해야 했다. 그 상대가 소드 마스터가 될지라도 말이다.

스토퍼스 백작이 대리인으로 치레이 후작을 내세운다면 그것은 그것대로 레츠에게는 이익이었다.

"한 명의 기사로서 소드 마스터와 대결을 펼칠 수 있다니 제게는 둘도 없는 영광이 아니겠습니까?"

레츠에게 이건 둘도 없는 기회였다.

마음속으로 한 번은 소드 마스터와 대결을 펼치고 싶었다. 그런데 스토퍼스 백작을 통해 성사될 수 있다고 하는데 반대할 이유가 전혀 없었다.

더군다나 스토퍼스 백작보다는 소드 마스터와의 대결이 레츠에게는 이름을 알리는 데 더 수월하기 때문이다.

"자네가 어떤 생각을 가지고 결투에 나서더라도 사람들은 결과만을 기억할 것이다."

"그건 그것대로 제가 감수해야 하는 것 아니겠습니까."

치레이 후작은 레츠를 설득하는 것이 쉽지 않다고 여겼다. 자신의 눈앞에 있는 레츠는 겉보기와는 달리 호승심이 강한 이었다.

스토퍼스 백작이 치레이 후작을 대리인으로 선택할 것이라는 사실을 알게 되자 소드 마스터와 대결을 펼친다는 기대감에 눈빛부터가 달라졌던 것이다.

"그렇게까지 말한다면 나는 더 이상 자네를 설득하지 않을 것이다. 오늘은 이만 돌아가지."

"백수의 왕 사자는 한낱 토끼를 사냥할 때도 최선을 다한다고 합니다. 치레이 후작님과의 결투를 기대하고 있겠습니다."

"……나도 자네와의 결투를 기대하지."

치레이 후작이 레츠를 만나고 간 다음 날 스토퍼스 백작은 결투 날짜와 시간, 장소를 레츠에게 알려 왔다. 대리인으로는 역시나 치레이 후작으로 결정이 나 있었다.

"영주님. 괜찮으시겠습니까?"

란스 자작이 걱정스레 레츠를 바라봤다.

"무엇이 말인가?"

"영주님은 이제 곧 치레이 후작님과 대결을 펼치셔야 합니다."

"란스 자작. 자네는 소드 마스터와 대결을 펼칠 기회가 온다면 이를 거부할 생각인가?"

"아닙니다. 저는 거부하지 않을 것입니다."

"자네와 같이 나 또한 마찬가지이다."

기사에게 있어 소드 마스터와의 대결은 개인으로는 매우 영광이었다. 소드 마스터와의 대결을 통해 가사로서 한 단계 성장할 수도 있기 때문이다.

"저는 제 개인의 명예만을 생각하면 됩니다. 하지만 영주님은 저와는 다르십니다. 영주님의 명예가 곧 크렌스피 영지의 명예와 직결됩니다."

"그렇다. 내가 곧 크렌스피 영지이기 때문에 나는 스토퍼스 백작과의 결투를 피할 수 없다."

레츠는 스토퍼스 백작과 명예를 놓고 결투를 벌이는 것이다. 다만 스토퍼스 백작이 그의 대리인으로 치레이 후작을 선택했을 뿐이었다.

스토퍼스 백작은 개인의 감정에 얽매여 크렌스피 영지를 사적으로 가지고 놀았다.

스토퍼스 백작 개인의 입장에서는 자코린을 제대로 보호하지 못한 크렌스피 영지에 책임을 묻는 것이겠지만, 스토퍼스 백작에게 당하는 당사자인 레츠의 입장에서는 이는 결코 좌시해서는 안 되는 사항이었다.

크렌스피 영지를 좌지우지할 수 있는 것은 이 세상에 오직 크렌스피 백작만이 유일해야 했다. 제국의 황제도 한 영지를 떡 주무르듯 마음대로 가지고 놀 수는 없는 것이다.

"잉그리안 자작도 란스 자작과 생각이 같은가?"

"저는 영주님께서 다음 기회를 노리시는 것이 옳다고 생각되어집니다."

"그렇군. 자네도 란스 자작과 같은 생각이군."

소드 마스터를 상대할 수 있는 것은 같은 소드 마스터뿐이다. 이는 절대 변하지 않는 진리였다.

수도에서는 벌써부터 레츠가 스토퍼스 백작과의 결투를 포기할 것이라는 이야기가 빠른 속도로 퍼져 나가고 있었다.

귀족의 명예를 걸고 하는 결투였지만, 상대가 소드 마스터였다. 명예를 지키기 위해 소드 마스터를 상대한다는 것은 바보 같은 짓일 뿐이다.

사람들은 이해할 것이다. 귀족의 명예도 중요하지만 그렇다고 소드 마스터와 대결할 수는 없다고 말이다. 자신도 레츠와 같은 상황이라면 결투를 포기할 것이라고 생각했다.

결투 날짜가 하루하루 다가오고 있었지만, 레츠는 스토퍼스 백작과의 결투를 포기하지 않았다.

수도가 한차례 다시 술렁거리기 시작했다. 레츠가 정말 치레이 후작과 결투를 펼칠지도 모른다고 말이다.

귀족 간의 명예를 걸고 하는 결투는 간혹 사상자가 발생할 정도로 매우 치열하게 전개된다. 그 말은 레츠의 목숨을 어느 누구도 장담할 수 없다는 것이다.

바보다. 제국 수도에 있는 사람 전부가 소드 마스터와 결투를 벌이려는 레츠를 바보라고 놀리며 비웃었다.

질 수밖에 없는 결투를 목숨까지 걸면서 하고 있는 모습은 사람들로부터 비웃음을 사기엔 충분했다.

당사자인 레츠가 무슨 의도로 결투를 펼치는지도 모르고 말이다.

"치레이 후작님이 대리인이란 사실을 알고 있으면서도 나와 결투를 계속할 작정인가? 정말 바보로군."

"훗! 무슨 할 말이 그렇게 많지? 자신이 직접 귀족 간의 결투도 하지 못하는 주제에 말이야."

레츠가 치레이 후작 앞에서 노골적으로 스토퍼스 백작을 비꼬고 있었다. 그 모습을 지켜보는 치레이 후작은 레츠에게 뭐라고 말을 해야 했다. 이 중에서 치레이 후작이 가장 신분이 높았기 때문이다.

"레츠 백작. 대학자님께 말이 너무 심한 것이 아닌가?"

"제가 좀 심했습니까? 아 뭐 이 정도로 심하다고 한다면 저는 할 말이 없습니다. 아니 그런가, 스토퍼스 백작."

"이, 이. 네놈이 점점 방자해지기까지 하는구나."

"치레이 후작님, 이제 시작하지요."

레츠는 끝까지 스토퍼스를 무시하고는 치레이를 향해 검을 꺼내 들었다.

스토퍼스 백작이 그 모습을 보고 다시 한 번 화를 냈지만, 치레이 후작이 레츠를 향해 검을 꺼내 들자 뒤로 물러설 수밖에 없었다.

"레츠 크렌스피 백작이 스토퍼스 아리네오 백작에게 귀족 간의 명예를 걸고 결투를 신청하오."

"치레이 메이노프 후작이 스토퍼스 아리네오 백작의 대리인 자격으로 레츠 크렌스피 백작에게 귀족 간의 명예를 걸고 결투를 신청하오."

쨍!

각자의 가슴 앞에 검을 가져다가 결투 신청을 하고는 서로의 검을 소리가 나도록 부딪쳤다.

이제 본격적으로 귀족 간의 결투가 시작하려 하고 있었다.

"선수를 양보하지. 먼저 공격해라."

"저는 분명 말씀드렸습니다. 백수의 왕 사자는 토끼를 사냥할 때도 최선을 다한다고 말입니다."

레츠는 치레이 후작의 목을 향해 검을 크게 휘둘렀다. 큰 동작을 요구하는 자세였지만, 생각보다 그의 공격 속도가 빨랐다.

치레이 후작이 레츠의 공격을 무시하지 못하고 뒤로 한 발 물러서며 피해 냈다.

"크윽."

처음부터 레츠의 공격을 피해 뒤로 물러섰다는 생각에 스토퍼스 백작은 분함을 감추지 못했다. 하지만 치레이 후작은 달랐다.

처음부터 자신의 만류에도 불구하고 결투를 철회하지 않은 이유가 존재한다고 판단했다. 그리고 그것은 실력에 자신감이 있기에 가능한 일이었다.

"역시나 빠르군."

치레이 후작이 레츠의 깔끔하고도 군더더기 없는 공격에 절로 감탄을 토해 냈다.

레츠는 치레이 후작이 한 발 뒤로 물러서자 확실하게 기선을 잡을 생각이었다. 공격의 강도를 조금 더 높이며 치레이 후작을 압박하기 시작했다.

레츠의 공격은 빠르다. 그리고 신체의 급소만을 노리는 정확성까지 갖추고 있었다. 하지만 그것만으로는 부족했다. 치레이 후작은 그것을 레츠에게 가르쳐 줄 생각이었다.

레츠의 공세에 뒤로 밀리던 치레이 후작이 반격을 시작했다. 그의 검이 한순간 밝은 빛을 뿜어냈다.

꽝!

레츠의 검과 치레이 후작의 검이 부딪치며 광음을 냈다. 레츠가 치레이 후작의 힘을 상쇄하지 못하고 바닥에 깊은 족적을 남기며 뒤로 밀려났다.

짜릿! 짜릿!

레츠는 치레이 후작의 검과 부딪치는 순간 강력한 압박이 전신을 내리누르는 느낌을 받았다. 뒤로 물러서지 않고는 버틸 수가 없었다.

손목과 팔꿈치, 그리고 어깨까지 어느 곳 하나 저리지 않은 곳이 없었다. 오른손을 털어 내며 충격을 최소화 시켰다.

저도 모르게 손아귀에 절로 힘이 가해지는 것이 상당히 긴장하고 있었다. 그래도 다행이었다. 치레이 후작의 오러 블레이드와 부딪치고도 검이 부서지지 않았으니 말이다.

"속도. 정확성. 거기에다 파괴력까지. 대단하군, 내 예상을 벗어나는 강함이었다."

상대를 겉모습만 보고 힘이 약할 것이라고 판단하는 실수를 저질렀다. 저 작은 체구에 이런 파괴력을 숨기고 있을 줄은 상상도 못했다.

짜르르 울리는 손목이 레츠의 강함을 말해 주고 있었다. 치레이 후작이 레츠를 경시하는 마음을 버리고 본격적으로 제

실력을 뽐내기 시작했다.

치레이 후작이 가만히 서서 오른 손목을 빙글빙글 돌렸다. 손목에 가해진 충격을 해소하기 위한 행동이었다. 그리고 그 모습은 너무나 여유로워 보였다.

레츠가 그 모습을 보고 여유롭다는 생각을 가지는 순간 치레이 후작이 손에 들고 있던 검을 레츠를 향해 던져 버렸다.

서걱!

콰!

미처 반응할 틈도 없이 치레이가 던진 검이 레츠의 옆구리를 베고 지나갔다. 그러고는 굉음을 동반하며 땅속에 깊은 자국을 남겼다.

상처 입은 옆구리가 아픔을 선사하고 있었다. 그러나 제대로 아픔을 느낄 새도 없었다.

치레이 후작의 공격에 잠시 당황하던 레츠가 뒤로 돌아서며 검을 휘둘렀다. 어느새 치레이 후작이 다가와 자신이 던진 검을 잡고 있는 게 보였기 때문이다.

기습 공격이라면 기습 공격이었다. 그러나 치레이 후작은 레츠의 공격을 너무도 쉽게 방어해 냈다.

콰!

결투가 시작되고 두 번째 충돌이었다.

레츠가 이번에는 뒤로 물러서지 않았지만, 그 충격을 고스란히 감내해야 했다.

욱씬! 욱씬!

두 번의 충격에 어깨가 말을 듣지 않았다.

레츠는 계속 자신을 향해 전진을 멈추지 않는 치레이 후작을 향해 발차기를 시도했다. 견제를 하기 위한 행동이었다.

발차기 정도는 치레이 후작에게 아무런 위협도 가하지 못했다.

치레이 후작이 허리를 노리고 날아온 발차기를 옆으로 살짝 흘려버리고는 레츠의 품 안으로 파고들었다.

'걸려들었어.'

레츠의 오른쪽 어깨가 말을 듣지 않는 것은 사실이다. 그리고 그것을 치레이 후작에게 노출시켰다.

치레이 후작이 기회라고 여기고 좀 더 안으로 파고들게 만들기 위해서 말이다.

레츠가 오른팔에 힘을 빼고는 몸을 전체적으로 오른쪽으로 한 바퀴 회전을 시도했다. 몸을 중심으로 레츠의 오른손이 허공을 갈랐다.

휙!

바람을 가르는 소리와 함께 레츠의 검이 치레이 후작의 머리를 노렸다.

기회라고 여겼다. 그래서 이 기회에 끝장내기 위해 레츠의 품 안으로 저돌적으로 파고든 것이었다. 그런데 레츠가 생각지도 않는 공격으로 반격을 시도해 왔다.

치레이 후작은 저돌적으로 밀고 들어가다 레츠의 반격에 급하게 허리를 뒤로 꺾으며 검을 피해 냈다. 등과 허리에 순간적으로 상당한 압력이 가해졌다.

척추를 타고 짜르르한 고통이 전신으로 퍼져 나갔다. 밀고 들어가는 힘이 강했던 만큼 그 반발력 또한 강했다.

"크윽."

무리한 동작으로 몸에 상당한 무리가 갔다. 몸이 순간적으로 말을 듣지 않았다.

레츠는 힘이 들어가지 않는 오른손을 그저 허공에 내맡기고는 다음 공격을 준비했다. 치레이 후작이 이대로 앉아서 당하지 않을 것이라는 확신이 있었다.

회전을 멈추지 않은 채 왼발로 치레이 후작의 허리를 가격해 버렸다.

퍽!

레츠의 왼발이 치레이 후작의 오른쪽 옆구리를 제대로 가격했다. 묵직한 것이 상당한 충격을 안겨 줬을 것이다.

기회가 찾아왔다.

레츠가 기회를 살려 또 한 번 연속으로 공격을 시도하려고 했다. 그러나 치레이 후작은 옆구리를 손으로 감싸며 뒤로 황급히 물러섰다.

치레이 후작이 뒤로 급격하게 물러서자 레츠는 그 품으로 파고들 수 없었다. 오른손이 아직까지 제대로 말을 듣지 않고 있었다.

기회가 찾아왔는데 그 기회를 제대로 살리지 못했다는 아쉬움에 입맛이 썼다.

"후읍."

치레이 후작이 호흡을 가다듬으며 레츠에게 맞은 옆구리를 감쌌다.

생각보다 상당한 통증이 전해지고 있었다. 그러나 그것보다 오른쪽 앞머리가 레츠의 검에 잘리며 오른쪽 눈썹 바로 위에 상처가 생겼다는 사실이 중요했다.

오싹!

생각지도 못한 레츠의 반격이 치레이 후작에게 죽음이라는 단어를 떠올리게 만들었다.

레츠가 한동안 오른손을 사용하지 못할 것이라고 판단했기에 거침없이 품 안으로 파고들 수 있었다. 그런데 그것이 레츠가 노린 한수였을 줄이야.

"치레이 후작님, 괜찮으십니까?"

스토퍼스 백작은 몹시 당황하고 있었다.

내내 압도하고 있던 치레이 후작이 한순간에 수세에 몰리면서 레츠에게 한 방 얻어맞았기 때문이다.

생각지도 못한 일이다. 레츠가 치레이 후작과 대등하게 결투를 벌일 줄은 상상조차 못했다. 온몸에 식은땀이 흐르고 있었다.

치레이 후작은 스토퍼스 백작이 호들갑을 떠는 모습을 지켜볼 여유가 없었다. 아예 스토퍼스 백작을 무시하고 레츠에게서 한순간도 시선을 떼지 않았다.

"굉장하군. 정말 굉장해. 나를 이리도 압박할 줄은 생각조차 못했다."

치레이 후작은 상처가 난 이마를 만져 봤다.

살짝 피가 묻어나고 있었다. 레츠의 공격에 제대로 반응하지 못했다면 죽음을 면치 못했을 것이다.

죽는다는 생각이 들자 치레이 후작의 몸에서 살기가 피어오르기 시작했다.

상대를 죽이지 못하면 자신이 죽을 수도 있다. 그만큼 귀족 간의 결투는 치열했으며, 레츠의 검술 실력이 위협적이었다.

레츠는 아직도 말을 듣지 않고 있는 오른손을 주무르며 치레이 후작을 바라봤다.

밀리고 있었다. 자신의 반격에 상대가 당황하고 있었지만 전체적으로 봤을 때, 치레이 후작에게 밀리고 있었다.

'정말 짜증나는 몸이로군.'

단 두 번의 격돌로 오른손에 문제가 발생할 줄은 전혀 예기치 못했다.

남들처럼 평범한 몸을 가지고 태어났다면 방금 전 공격으로 치레이 후작을 쓰러트릴 수 있었을 것이다. 그런데 이놈의 몸은 두 번의 격돌로 행동이 무뎌져 버렸다.

치레이 후작은 아직까지 소드 마스터의 전유물인 오러 블레이드조차 사용하지 않았다. 그런데도 밀리고 있었다. 기본적으로 치레이 후작의 실력이 레츠의 실력보다 상위에 있다는 반증이었다.

치레이 후작은 본격적으로 레츠를 상대할 작정이었다. 본 실력을 발휘하지 않는다면 레츠의 손에 죽을 수도 있다고 여겼기 때문이다.

치레이 후작이 처음으로 오러 블레이드를 시전했다.

웅! 웅! 웅!

레츠는 치레이 후작의 검을 둘러싸고 있는 오러 블레이드를 보며 저절로 위축되는 자신을 느낄 수 있었다.

위축되는 자신을 느끼면서도 레츠는 전형적인 오러 블레이드의 소리에 마음이 사로잡히고 있었다.

스스로 자신의 존재감을 드러내는 오러 블레이드. 그리고 그 웅장함 소리 뒤에 자리하고 있는 가공할 만한 절삭력까지 어느 것 하나 레츠의 마음에 들지 않는 것이 없었다.

레츠가 오러 블레이드에 잠시 한눈을 파는 사이 치레이 후작이 공격을 시도해 왔다.

우웅!

바람을 가르는 소리부터가 달랐다.

공간마저 잘라 버린다는 표현이 정확할까. 레츠는 한순간에

거리를 줄이며 다가서는 치레이 후작의 모습에 처음으로 두려움이란 것을 느꼈다.

한순간의 실수로 죽을 수도 있다는 공포가 레츠를 덮쳐 왔다. 피가 싸늘하게 식어 가고 있었다.

그와 상반되게 오러 블레이드를 느껴 보고 싶은 마음이 강했다. 과연 오러 블레이드가 어떤 느낌인지, 얼마만큼의 파괴력을 가지고 있는지를 말이다.

들리는 소문처럼 과연 모든 것을 잘라 버릴 수 있는 절삭력이 사실인지를 확인하고 싶었다.

레츠는 자신의 마음과는 다르게 치레이 후작의 공격을 피하는 데 집중하고 있었다.

반격은 생각하지 않고 있었다. 반격할 엄두를 내지 못하는 것이 아니라, 기다리고 있는 것이다. 치레이 후작의 검술을 자신의 것으로 만들기 위해서 말이다.

지금까지 레츠는 상대해 온 모든 이들의 검술을 스펀지가 물을 흡수하는 것처럼 전부 흡수해 버렸다. 그건 치레이라고 해도 다르지 않았다.

소드 마스터의 검술이었다.

다른 이들의 검술과는 확연히 다른 무언가를 보여 줄 것이다. 치레이 후작의 그것을 레츠는 가지고 싶었다.

레츠 특유의 시력이 지금 빛을 발하고 있었다.

치레이 후작의 움직임은 확실히 레츠를 앞서고 있었다. 그러나 그의 검은 번번이 레츠의 적절한 방어에 막히고 있었다.

치레이 후작은 답답함을 느꼈다. 자신이 레츠를 압도하고 있는 것이 사실이었다. 그러나 확실한 마무리를 짓지 못하고 있었다.

저 눈!

치레이 후작은 레츠의 두 눈이 여간 신경 쓰이는 것이 아니었다. 머리에서 발끝까지 레츠의 시선에서 벗어나는 곳이 없었다.

발가벗겨지는 느낌이 이러할까. 치레이 후작은 레츠의 두 눈을 마주 대하면 그런 느낌에서 벗어날 수 없었다.

레츠를 압도하고 있던 치레이 후작이 갑자기 그 자리에 서서는 검을 잡고 있는 손목을 빙글 돌렸다.

움찔!

레츠가 한순간 움찔거렸다.

손목을 돌리고 있었다. 언제 검이 날아올지 몰랐다. 레츠가 자연스럽게 방어적 자세를 취했다.

치레이 후작은 레츠가 움찔거리며 주춤하는 것이 눈에 보였다.

'기회다.'

치레이 후작은 자신에게 기회가 찾아왔음을 느낄 수 있었다. 검을 던지는 시늉만을 하고는 레츠의 품으로 다시 파고들었다.

치레이 후작은 이번에 레츠를 확실히 끝장낼 생각이었다. 그런데 생각지도 못한 상황이 벌어졌다. 레츠 또한 치레이 후작의 품으로 파고들고 있었던 것이다.

"뭐야!"

치레이 후작이 당황하기 시작했다. 목숨을 등한시하고 앞으로 달려드는 레츠의 기세에 말려든 것이다.

치레이 후작이 레츠를 속이기 위해 손목을 돌렸다면, 그런 치레이 후작을 속이기 위해 레츠는 스스로 주춤거리는 모습을 보였다.

레츠의 머릿속에는 지금 치레이 후작의 움직임이 뻔히 보였다. 무슨 생각으로 손목을 돌렸는지까지 말이다.

레츠는 치레이 후작의 검술을 감상할 만큼 감상했으니, 이제는 마무리를 지을 생각이었다.

더는 치레이 후작에게서 얻을 수 있는 것이 없었다. 있다고 한다면, 그건 바로 오러 블레이드일 것이다.

레츠는 지금 소드 마스터를 집어삼키려 하고 있었다. 남들은 다 불가능하다고 하는 것을 레츠는 가능하다고 하고 있었다.

치레이 후작은 자신의 품 안으로 파고드는 레츠의 머리를 향해 오러 블레이드를 휘둘렀다.

우웅!

스스로 존재감을 드러내고 있는 오러 블레이드.

두근. 두근.

레츠는 가슴이 터질 것 같았다.

레츠가 고개를 아래로 숙이더니 상체까지 덩달아 몸 안으로 말아 넣었다. 그의 몸이 그 자리에서 공중을 한 바퀴 돌고 있었다.

오러 블레이드는 레츠의 머리카락만을 자르고 지나갔다. 오싹한 그 무언가가 레츠의 척추를 타고 흘러내렸다.

위기 뒤에 기회가 찾아온다고 레츠에게 기회가 다시 찾아왔다. 레츠가 공중에서 앞으로 한 바퀴를 돌며 치레이 후작의 머리를 왼발 뒤꿈치로 공격했다.

퍽!

"크윽!"

치레이 후작이 왼쪽 팔로 레츠의 공격을 막아 냈다. 그러고는 레츠의 등에 오러 블레이드를 찔러 넣었다.

적적한 시기에 발휘되는 치레이 후작의 반격이었다.

레츠의 오른발이 연이어 치레이의 머리를 향해 떨어지고 있었다. 그러나 레츠는 연속으로 이어진 공격을 포기할 수밖에 없었다.

몸이 회전하는 것과 반대로 다리를 품 안으로 접어 넣었다. 레츠의 몸이 관성의 법칙을 어기고 반대로 접혀졌다.

왼발이 치레이의 팔을 걷어차서 생긴 반발력을 이용한 것이다.

레츠의 몸이 반대로 접히면서 치레이의 공격이 그의 엉덩이 위를 스치고 지나갔다.

등을 노리고 찔러 넣은 것이지만 중력의 법칙에 따라 레츠의 몸이 아래로 떨어지며 자연스레 공격을 피해 낸 것이다.

"놓치지 않겠다."

앞으로 힘껏 찔러 넣었던 검을 강제로 아래로 끌어내렸다. 앞으로 향했던 오른발을 뒤로 이동하는 것만으로 쉽게 공격 방향을 바꿔 버렸다.

레츠는 치레이 후작이 쉽게 공격 방향을 바꿀 수 있다는 것을 알고 있었다. 반격을 대비해 땅으로 내려서는 순간 옆으로 몸을 굴렸다.

쾅!

오러 블레이드가 지면을 강타했다. 엄청난 충격이 지면을 강타하고 지나가자 흙이 하늘 위로 비산하며 사방으로 퍼져 나갔다.

땅바닥을 구르는 레츠를 보며 스토퍼스 백작이 비난했다.

"귀족이 체통도 없이 땅바닥을 구르다니."

어디서 개소리가 들려왔지만 레츠는 이를 무시하고 재빨리 자리에서 일어나며 몸을 억지로 회전시켰다.

몸에 무리가 가해졌지만 그 힘을 이용해 치레이 후작의 오른 발목을 노리고 검을 휘두를 수 있었다.

치레이 후작이 사방으로 퍼져 나가는 흙에 시야가 가려 순간 레츠의 움직임을 놓쳤다.

"이겼다."

레츠는 자신이 이겼다고 믿었다. 치레이 후작의 발목을 잘라 냈기 때문이다.

'진동?'

레츠는 치레이 후작의 발목을 자르고 지나가는 동시에 손목을 타고 오는 엄청난 진동을 느꼈다.

서걱!

레츠의 검이 오러 블레이드에 의해 반으로 잘려 나갔다.

"헉!"

레츠가 치레이 후작의 발목이라고 자른 것은 다름 아닌 그의 검이었다. 그것도 오러 블레이드에 보호받고 있는 검을 발목인 줄 착각한 것이다.

치레이 후작이 사방에 퍼져 나가는 흙 때문에 레츠를 놓쳤다면 레츠 또한 치레이 후작의 움직임을 놓치고 만 것이다.

치레이 후작은 검에 의지해 몸을 허공으로 띄우며 레츠의 공격을 피해 냈다. 그러고는 몸을 최대한으로 작게 만들고는 엄청난 속도로 한 바퀴 돌았다.

강한 충격에 하늘로 퍼져 나가는 흙 속에 모습을 감추기 위해서였다. 그리고 그 한 수는 제대로 먹혀 들어갔다.

레츠가 스스로 빨랐다고 느낀 순간, 이미 늦은 뒤였다.

흙으로 인해 시야가 가려졌을 때, 그 자리를 빨리 피했어야 했다. 그런데 소드 마스터를 이길 수 있다는 생각에 그만 욕심을 부린 것이다.

레츠는 늦었다는 것을 알았다.

알고 있었지만, 이대로 당할 수만은 없었다. 레츠의 몸은 아직도 회전 중이었다. 그것을 멈추지 않고 그대로 치레이의 왼쪽 옆구리를 향해 검을 찔러 넣었다.

레츠가 몸을 다시 한 번 비틀었다.

"이야압!"

그가 기합을 내지르며 마지막 일격을 날렸다. 동시에 그의 몸에서 한순간 빛이 뿜어져 나왔다.

아우라였다.

치레이의 시야를 가리기 위해 레츠가 급하게 만들어 낸 것이다. 갑자기 레츠의 몸을 감싸던 빛은 한순간에 사라졌다.

푸학!

치레이의 검이 레츠의 몸을 베고 지나갔다. 그리고 레츠의 검은 치레이의 옆구리에 박혀 있었다.

끄르륵!

레츠의 입에서 피 끓는 소리가 들리더니 뒤로 넘어갔다. 오른쪽 어깨부터 시작된 상처가 왼쪽 아랫배까지 이어지고 있었다.

엄청난 양의 피가 레츠의 몸에서 흘러나오고 있었다. 레츠의 몸에서 빠져나온 피가 바닥을 흥건히 적시고 있었다.

"영주님!"

란스 자작과 잉그리안 자작이 레츠에게 달려갔다. 란스 자작은 레츠의 몸에서 빠져나오는 엄청난 양의 피를 보더니 얼굴이 하얗게 질려 버렸다.

"란스 자작, 뭐하는 것인가? 어서 빨리 영주님의 상의를 벗기지 않고."

잉그리안 자작은 품에서 작은 포션 병을 꺼내 들며 란스 자작을 닦달했다.

"아."

그제야 정신을 차린 란스 자작이 레츠의 상체 옷을 벗겨 냈다.

잉그리안 자작은 레츠의 상처에 골고루 포션을 뿌렸다. 일부러 상처 속에까지 억지로 포션 병을 집어넣어 뿌려 댔다. 그러고는 마법으로 상처를 강제로 지혈하기 시작했다.

"신관을 불러와라. 어서 빨리 신관을 불러와!"

한쪽에서는 스토퍼스 백작이 치레이 후작 주변에 몰려 있는 구경꾼들에게 호통을 치고 있었다. 치레이 후작이 레츠의 공격에 상처를 입었기 때문이다.

"크윽!"

치레이 후작은 왼쪽 옆구리에 박혀 있는 검을 빼내고는 오른손으로 상처를 감싸 쥐었다.

그의 손을 타고 피가 흘러내렸다.

옆구리에 검이 박히고도 생각보다 피가 많이 흐르지는 않았다. 레츠의 검이 반으로 잘려 있었기 때문이다.

만약 검이 반으로 잘려 있지 않았다면 저기에 누워 있는 것은 레츠가 아니고 치레이 후작이었을 것이다.

†제8장†

패배의 쓴잔

"신관을 불러오라고 하지 않느냐."

스토퍼스 백작이 치레이 후작 옆에서 한시도 떨어지지 않고 붙어서는 신관을 찾고 있었다.

"나는 괜찮습니다."

치레이 후작은 스토퍼스 백작이 너무나 심하게 요란을 떤다고 여겼다.

요란을 떨어도 레츠의 수행원들이 떨어야지 스토퍼스 백작이 요란을 떨 이유는 전혀 없었다.

옆구리에 상처를 입긴 했다. 그러나 행동에 지장을 줄 정도는 아니었다. 신관을 이곳으로 불러들일 시간에 차라리 직접 신전을 찾아가는 것이 더 빨랐다.

스토퍼스 백작의 부축을 받던 치레이 후작의 눈에 바닥을 나뒹구는 레츠의 검이 들어왔다.

'검이 조금이라도 길었다면 바닥에 누워 있는 것은 나였겠지.'

온몸이 부들부들 떨리고 있었다.

두려움. 죽을 수도 있다는 두려움이 다시 한 번 치레이의 마음을 불안하게 만들고 있었다.

몸이 주기적으로 잘게 떨려 오고 있었다. 아직도 그때 그 순간을 잊지 못하고 있었던 것이다.

레츠가 치레이 후작의 움직임을 보고 배우고 판단하여 행동을 예측할 수 있었다면, 치레이 후작은 그런 레츠를 보면서 상대방의 움직임을 한 수 앞서 읽어 내는 방법을 배웠다.

레츠가 한 수 앞선 움직임으로 치레이 후작을 얼마나 많이 괴롭혔던가. 그런 레츠를 보고 치레이 후작도 한번 해 보고 싶은 마음이 들었다.

상대의 움직임을 예측하고 그보다 한발 앞서 움직여 손쉽게 승리할 수 있는 능력. 치레이 후작은 레츠의 이 점이 너무나 닮고 싶었다.

레츠의 검이 자신의 발목을 노리는 순간, 치레이 후작은 무언가가 온몸을 관통하고 지나가는 느낌을 받았다.

이것이다. 치레이 후작은 그때 그 순간 알 수 없는 무언가를 느꼈다.

땅에 박혀 있는 검을 돌려 검면이 레츠를 향하게 하고는 허공으로 살짝 몸을 띄웠다. 딱 레츠의 검이 지나갈 공간만 남겨

두고 말이다.

치레이 후작의 의도가 정확히 먹혀들었다. 레츠의 검이 스스로 치레이 후작의 오러 블레이드에 부딪혀 오더니 반으로 잘렸기 때문이다.

그때의 그 희열이란 이루 말할 수 없을 정도였다. 두 번 다시는 경험해 보지 못할 희열이었다.

치레이 후작은 검에서 시선을 떼고 바닥에 쓰러져 있는 레츠를 바라봤다.

'그 순간에도 마지막 한 수를 준비해 두고 있었다니.'

레츠는 치레이 후작의 공격을 피할 수 없다는 것을 직감했다. 그래서 혼자 죽을 수는 없다고 판단했다.

아우라를 발생시켜 치레이 후작의 시야에서 검을 가려 버렸다. 그러고는 그의 옆구리에 검을 쑤셔 박아 버렸다. 같이 죽자는 심산이었다.

공격은 레츠가 더 빨랐다.

그의 몸에서 뿜어져 나오는 아우라에 치레이 후작의 행동이 늦어졌기 때문이다. 그런데 문제는 레츠의 검이 너무도 짧았다는 사실이었다. 그것이 승패의 결정적인 영향을 미쳤다.

치레이 후작은 문득 이제부터는 훈련 방식을 바꿔야겠다는 생각이 들었다. 지금과 같은 방식으로는 더 이상의 성장은 불가능하다는 것을 깨달았다.

언제 또 레츠와 같은 상대와 검을 겨루게 될지 몰랐다. 검술의 경지는 자신이 높을지 몰라도 검에 대한 이해도는 레츠가 높았다. 그리고 마지막으로 실전 감각을 키워야 했다.

레츠가 치레이 후작을 이 정도까지 밀어붙일 수 있었던 결정적인 원인은 바로 실전 감각의 차이에 있었다.

몬스터랜드에서 몬스터들을 상대로 키워 온 실전 감각이 치레이 후작을 압도했던 것이다.

치레이 후작은 레츠와는 다르게 지금까지 혼자 실력을 갈고 닦았다. 그러나 그것만 가지고는 강자로 제국을 호령할 수 없었다.

레츠가 만약 오러 블레이드를 사용할 수 있었다면 어떻게 되었을까. 치레이 후작은 생각만으로도 치가 떨려 왔다.

"레츠 백작이 살아난다면 다음에 언제라도 도전을 받아들인다고 전해라."

레츠를 붙들고 어쩔 줄을 몰라 하는 란스 자작을 바라보던 치레이 후작이 문득 자기도 모르게 말을 꺼냈다.

'레츠와 다시 한 번 대결을 해보고 싶은 것인가?'

말을 하고 보니, 정말 레츠와 다시 한 번 대결을 펼치고 싶었다. 그때는 지금처럼 귀족 간의 결투가 아닌 서로 검술의 경지를 겨루는 대결이 될 것이다.

죽을 수도 있다는 사실은 너무나 두렵다. 그러나 레츠와의 대결은 너무도 짜릿한 그 무언가를 선사해 줄 것이라는 기대가 있었다.

이렇게 말하면 이상하게 여길지도 모르겠지만, 자신이 살아 있음을 느낄 수 있어서 좋았다.

레츠의 일로 얼이 빠져 있던 란스 자작이 치레이를 노려봤다. 그러고는 살며시 검에 손을 가져갔다.

"란스 자작, 그만두게. 지금은 무엇보다 영주님의 안정이 무엇보다 중요하네."

"크윽."

란스 자작이 분함에 눈물을 흘렸다.

레츠의 복수를 해야 하는데, 그러지를 못하는 자신의 신세가 너무도 화가 나서 참을 수가 없었다.

잉그리안 자작이 레츠의 핑계를 댄 이유도 란스 자작의 실력으로는 치레이 후작을 상대할 수 없다는 뜻을 분명하게 전달한 것이다.

치레이 후작은 자신을 노려보며 눈물을 보이는 란스 자작에게 흥미를 느꼈다.

"자네의 이름이 무엇인가?"

"란스 베이츠 자작입니다."

"좋은 눈을 가졌군. 그러나 레츠 백작의 눈빛에 비하면 조금 모자란 감이 없지 않아 있다. 실력을 더 쌓아라. 그리고 나에게 도전해라. 너의 도전 또한 내가 받아 줄 것이다."

이번에도 치레이 후작은 자신도 모르게 말을 내뱉고 말았다. 이상했다. 자신이 왜 이런 행동을 하고 있는지 의문이 들 정도였다.

"제 도전을 받아 준다고 했습니까? 좋습니다. 그러나 그때는 저 혼자가 아닐 것입니다. 크렌스피 영지에는 저보다 뛰어난 기사가 한 명 있습니다. 그도 후작님께 도전할 것입니다."

"자네보다 더 뛰어나다고!"

치레이 후작은 란스 자작의 말에 놀라움을 금치 못했다. 그가 보기에는 란스 자작은 이미 검술의 끝에 다다라 있었다.

그 말은 머지않아 소드 마스터에 오를 수도 있다는 것이다. 물론 벽을 넘지 못하고 좌절할 가능성도 있었다. 그런데 지금 란스 자작은 자신보다 더 뛰어난 기사가 존재한다고 말했다. 그것도 레츠의 복수를 다짐하는 자리에서 말이다.

"그자가 누구인가?"

치레이 후작이 강한 호기심을 느꼈다.

"나보다 뛰어난 기사의 이름은 테일 자크 남작입니다."

"좋다. 그자의 도전 또한 받아들이겠다."

치레이 후작에게 테일 남작에 대해 말하고 있었지만 란스 자작은 레츠에 대한 복수를 테일 남작에게 양보할 생각이 없었다.

"분명 후회하실 겁니다. 다음에 다시 만날 때에는 저나 후작님 둘 중 하나는 분명 죽음을 면치 못할 것입니다."

"기대하지."

이거였다. 치레이 후작이 란스 자작의 도전을 받아들인 이유가 말이다. 주군인 레츠를 대신해 죽을 수 있는 기사의 마음을 보았기 때문이다.

치레이는 지금 란스 자작과 테일 남작의 도전을 받아들인다고 공표하고 있었다. 그러자 스토퍼스 백작이 못마땅하게 여겼다.

"치레이 후작님. 후작님께서 직접 이런 자들을 굳이 상대할 필요는 없습니다. 제 선에서 처리하겠습니다."

치레이 후작은 스토퍼스 백작을 가만히 바라봤다. 순간 그가 진정 제국에서 존경받고 있는 대학자가 맞는지 의심이 들었다.

"이름 없는 한 기사가 자신의 주군을 위해 목숨을 불사르겠다고 맹세하고 있습니다. 어찌 이것을 무시할 수 있단 말입니까!"

치레이 후작의 언성이 조금 높아지자 스토퍼스 백작이 찔끔해서는 한발 뒤로 물러섰다.

스토퍼스 백작은 지금 치레이 후작이 레츠로 인해 부상을 당하자 마음이 조급해졌다. 치레이 후작이 당한 부상은 전적으로 스토퍼스 백작이 책임져야 하기 때문이다.

소드 마스터의 부상이었다. 그 책임은 결코 가볍지 않을 것이다. 그래서 치레이 후작에게 조금이라도 잘 보이려고 했던 행동이 오히려 미움을 사고 만 것이다.

"갑자기 레츠 백작이 부럽군. 내가 새로이 메이노프 영지의 영주가 되었지만, 과연 아버지가 아닌 나를 위해 목숨을 걸 수 있는 기사가 존재하기나 할까?"

치레이 후작의 음성이 조금은 착잡해졌다. 메이노프 영지는 어디까지는 토미레 총단장에 의해 좌지우지되는 영지였던 것이다.

치레이 후작은 레츠가 부러워졌다.

옆에서 이를 지켜보던 잉그리안 자작은 란스 자작의 맹세를 들으며 입술을 강하게 깨물었다. 그는 란스 자작과 더불어 크렌스피 백작가문의 양대 가신 중에 한 명이었다.

란스 자작 못지않은 충성심을 가지고 있었다. 그런데 기사가 아니라는 이유 하나로 레츠의 복수를 할 수 없다는 사실에 울분을 참아 내고 있었다.

"치레이 후작님. 크렌스피 영지에는 기사들만 있는 것이 아닙니다. 저처럼 마법사도 있으며, 이름 없는 기사들과 병사들이 가득합니다. 그 모든 이들이 자신의 목숨을 바꾸는 한이 있더라도 후작님께 도전할 것입니다."

"흐흐흐, 하하하! 정말 즐겁구나. 영주의 복수를 위해 영지 전체가 움직인다는 말이냐. 정말 좋구나. 크렌스피 영지는 정말 멋진 영지다. 좋다. 크렌스피 영지는 언제든지 메이노프 영지에 영지전을 신청할 수 있다."

메이노프 영지에는 두 명의 소드 마스터가 존재한다. 그런데도 목숨을 걸고 도전하겠다고 당당히 밝히고 있었다.

치레이 후작은 크렌스피 영지가 굉장히 마음에 들었다. 언젠가 오늘의 이 결정을 땅을 치고 후회하게 될지도 모르고 말이다.

치레이 후작이 돌아가고도 레츠는 한동안 잉그리안 자작의 마법에 의지해 생명의 끈을 붙들고 있었다.

"영주님은 어떻습니까?"

"위험한 고비는 넘긴 것 같네."

"다행입니다. 정말 다행입니다."

레츠는 치레이 후작의 검에 치명상을 입었지만 죽지 않고 살아날 수 있었다. 바로 옆에 잉그리안 자작이 대기하고 있었기 때문이다.

잉그리안 자작이 없었다면 레츠는 출혈과다로 죽을 운명이었다.

"마차를 가져와라. 영주님을 신전으로 옮겨야 한다."

"알겠습니다."

호크가 여관에 있던 마차를 가지고 돌아왔다. 조심스레 레츠를 마차에 옮기고는 신전으로 출발했다.

레츠와 치레이 후작과의 결투는 엄청난 속도로 제국 전역으로 퍼져 나갔다.

제국은 소드 마스터인 치레이 후작과 결투를 벌인 레츠를 비웃었다. 질 것이 당연한 결투를 벌인 천하에 다시없는 바보로 비춰지고 있었다.

마지막까지 치레이 후작과 치열한 접전을 벌였다는 사실은 어디에서도 찾을 수가 없었다. 모든 영광은 승자인 치레이 후작에게 쏟아지고 있었다.

레츠가 치레이 후작의 옆구리에 깊은 상처를 입혔다는 사실도 사람들 입에서 들을 수가 없었다. 다만 레츠가 치레이 후작의 자비로 겨우 목숨만은 건진 채 크렌스피 영지로 쫓겨났다는 소문만이 무성했다.

크렌스피 영지까지 레츠의 소식이 전달되었다.

자이엔느가 그 소식을 전해 듣고는 그 자리에서 정신을 잃고 쓰러졌다.

그녀에게 있어 레츠는 이제 무엇과도 바꿀 수 없는 사람이었다.

이제 레츠가 없으면 살아갈 수 없는 사람이 되어 있었다. 그만큼 레츠는 네이드빌 영주가 죽은 뒤 그녀에게는 몸의 일부분처럼 절대 떨어져서는 살아갈 수 없게 된 것이다.

그녀 못지않게 레츠의 소식에 광적인 반응을 보인 이가 있었으니 바로 테일 남작이었다.

지금 당장 치레이 후작에게 복수하기 위해 메이노프 영지로 출발하려는 것을 에이드 남작이 겨우 뜯어말리는 중이었다.

테일 남작의 자책은 갈수록 더해 가고 있었다.

자신의 검술 실력이 더욱 좋았다면 란스 자작이 아닌 자신을 데리고 황궁으로 갔을 것이라며 엄청난 자책을 하고 있었다.

레츠가 사경을 헤매고 있는 그때 자신은 배가 고프다며 밥을 처먹고 있었다는 사실이 너무도 부끄러워 고개조차 들 수 없었다.

그때부터 테일 남작은 레츠가 영지로 돌아올 때까지 물 한 모금도 마시지 않고 자신을 채찍질하기 바빴다.

레츠가 치레이 후작과 결투를 벌여 패배했다는 소식이 크렌스피 영지 전체로 퍼져 나갔다. 그러자 영지 전반에 거쳐 우려의 소리가 터져 나오기 시작했다.

상대는 메이노프 후작 영지의 영주였다. 그리고 소드 마스터이기까지 했다. 레츠가 쓸데없는 싸움을 벌였다고 비난하는 자가 나오기 시작했다.

영지 전체가 한순간에 뒤숭숭하게 변한 것이다. 그러다 레츠에 관한 또 다른 소문이 나돌기 시작했다. 이 소문의 출처가 치레이 후작이라는 사실에 사람들은 지대한 관심을 나타내기 시작했다.

"나와 레츠 백작 간의 대결은 누가 더 우위에 있다고 할 수 없을 정도로 박빙의 승부였다. 그런데 사람들은 그 과정을 보지 않고 결과만을 본 채 레츠 백작을 비난하고 있다. 나는 레츠 백작이 비난 받고 있는 상황을 받아들일 수 없다. 레츠 백작이 나와의 결투로 비난 받고 있다면 그건 나를 비난하는 것과 마찬가지이기 때문이다. 나와 레츠 백작의 결투는 누구의 승자도 없는 무승부였다."

치레이 후작의 이 같은 말은 레츠의 명성에 지대한 영향을 끼쳤다.

제국 최고의 바보라며 비웃음 받던 레츠가 이제는 제국 최고의 기사 중에 한 명으로 손꼽히기 시작한 것이다.

치레이 후작의 입을 통해 레츠와 치레이 후작의 승부가 무승부라는 소문이 나돌자 크렌스피 영지에서는 엄청난 일이 벌어지고 있었다.

"저놈은 크렌스피 영지를 사랑하고 있지 않다. 크렌스피 영지를 사랑한다면 자신의 안위를 위해 영주님을 비난하지는 않았을 것이다. 모두 돌로 쳐 죽이자."

"와아아."

군중심리란 실로 무섭다.

이상한 단결심을 보이며 사람 하나 죽이는 것은 일도 아니었다. 그리고 사람을 죽였다는 죄책감 역시 가지지 않는다. 그저 정의를 실현했다는 착각 속에 빠지는 것이다.

레츠를 비난했다는 이유 하나만으로 죽어 나간 사람이 여럿 되었다. 그러나 그런 영지민들의 집단적인 행동을 제재할 사람이 없었다.

레츠가 영지로 돌아왔기 때문이다.

레츠는 오른쪽 어깨부터 왼쪽 아랫배에 이르는 커다란 흉터를 가지게 되었지만 죽지 않고 살아남았다.

자이엔느는 레츠의 흉터가 아무리 흉하더라도 죽지 않았다는 것 하나만으로 만족하고 있었다.

"영주님. 좀 더 쉬시지 않고요. 벌써 움직이시다 혹 탈이나 나지 않을까 걱정입니다."

"부인. 이제는 움직여도 괜찮소."

레츠가 침상에서 누워 지낸 지도 벌써 6개월이 지난 뒤였다. 그는 침상에서 벗어나자마자 처음 찾은 곳이 바로 개인 연무장이었다.

"고맙소."

레츠는 자이엔느가 건네주는 수건을 받아서 땀을 닦았다.

그가 영주에 오른 이후 둘은 서로를 향해 부르는 호칭의 변화가 있었다. 자이엔느가 원했기 때문이었다.

그리고 자이엔느는 사람들이 자신을 부를 때는 꼬박꼬박 백작부인으로 불리길 원했다.

레츠에게 한 가정의 가장으로서 책임감을 느끼게 하기 위해서였다. 레츠 한 사람만을 바라보며 살아가고 있는 이들이 있으니 절대 목숨을 함부로 하지 말아 달라는 애원이었다.

"부인. 가신들을 모두 불러 주시오."

"알겠습니다, 영주님."

자이엔느는 레츠가 좀 더 몸을 추스르기를 바랐다. 그러나 영지는 그의 손길을 필요로 하고 있었다.

자이엔느는 레츠의 이름으로 가신들을 불러 모았다. 그러고는 그동안에 일어났던 일들에 대해 간략하게 보고 받았다.

"폭동으로 봐야 할지 판단이 서지 않습니다."

"폭동이라고? 그 정도 가지고 폭동이라고 부를 수 있을까? 그냥 이대로 영지민들을 교육하는 선에서 끝내도록 한다."

레츠가 치레이 후작과의 결투가 있고 난 뒤에 영지 곳곳에서 여러 사람이 죽는 사건이 발생했다. 그것도 집단 린치에 의한 사건이었다.

레츠를 비난했다는 이유로 이웃 주민들이 던진 돌에 맞아 죽은 것이다.

한차례 불었던 광풍이 사라지고 영지민들이 다시 예전 모습으로 돌아왔지만 사건은 이미 벌어진 이후였다.

"부인께서 수고가 많았소."

"아니에요. 제가 당연히 해야 할 일이었습니다."

자이엔느는 영지민들이 군중심리로 사람을 죽인 일이 벌어지자 그 책임이 모두 자신에게 있다고 여겼다.

레츠가 쓰러진 지금 영지를 책임지고 관리해야 할 사람은 바로 자신이라고 여겼기 때문이다.

자이엔느는 그 순간 영지의 병사를 전원 동원해서는 그 사건과 관련 있는 모든 이들을 잡아들였다. 그러고는 영지민들에게 교육시키기 시작했다.

크렌스피 영지를 사랑하는 방법을 말이다.

어떻게 하면 정말 크렌스피 영지를 사랑하고, 이웃 주민끼리 서로 헐뜯지 않고 싸우지 않으며 지낼 수 있는지에 대해서 말이다.

처음에는 군중심리로 사람을 죽인 이들에 한해서만 시행되었던 교육이었다. 그러나 자이엔느는 한번 내친걸음 영지민 전체로 확대해서 교육을 실시했다.

레츠가 누워 있던 6개월 동안 하루도 빠지지 않고 영지민들을 직접 찾아다니며 교육했다.

부모가 되어서 자식을 바른길로 이끌어 줄 수 있는 것이 크렌스피 영지를 사랑하는 일이다. 자식으로 태어나 부모에게 효도하는 것 또한 크렌스피 영지를 사랑하는 일이다.

한 마을의 일원으로서 자신이 맡은 역할을 충실히 수행하는 것 역시 크렌스피 영지를 사랑하는 일이다.

어른들은 어른으로서 마을의 안전을 책임지고 마을 주민 모두가 잘 살 수 있는 환경을 만드는 것이 크렌스피 영지를 사랑하는 일이다.

아이들은 아이들답게 마을이 떠나가라 웃고 떠들고 노는 것이 크렌스피 영지를 사랑하는 일이다.

아주 작은 일부터 자신이 할 수 있는 역할을 하는 것이 바로 크렌스피 영지를 사랑하는 일이다.

서로 시기하지 않고 미워하지 않는 것이 크렌스피 영지를 사랑하는 일이다. 내 가족, 내 친구, 내 이웃사촌의 잘못된 허물을 용서할 수 있는 것 역시 크렌스피 영지를 사랑하는 일이다.

자이엔느는 이 같은 사실을 영지민들게 널리 알려 왔다. 그리고 이건 레츠가 자리에서 일어난 뒤에도 계속할 생각이었다.

과정이야 어찌 되었든 자이엔느가 하고 있는 행위는 레츠가 원하던 일이었다.

크렌스피 영지에 살고 있는 모든 영지민들의 유대감을 고취시키는 일 말이다.

"나는 오늘부터 영지의 모든 일에서 손을 떼고 무기한으로 검술 훈련에 돌입한다. 내 스스로 검술 실력이 마음에 들기 전까지는 절대 훈련을 멈추지 않을 것이다."

레츠가 지난 6개월 동안 생각해 왔던 일들에 대해 말하기 시작했다.

"내가 없는 동안 발생하는 모든 일은 여기 있는 부인을 통해 해결하도록 해라."

"영주님. 그건 있을 수 없는 일입니다. 제가 어찌 영주님을 대신할 수 있겠습니까."

"부인, 내 의견을 따라 주시오."

"……알겠습니다."

자이엔느는 레츠의 부탁을 거절할 수 없었다. 다른 누구의 부탁이 아닌 레츠의 부탁이었기 때문이다.

레츠는 그 말을 끝으로 가신들을 해산시켰다. 그러고는 조용해진 연무장에서 명상에 빠져들기 시작했다.

치레이 후작과의 대결은 레츠에게 많은 것을 느끼게 해 주었다. 그리고 그에게 패배가 무엇인지도 알려 주는 계기가 되었다.

패배란 너무나 쓰라린 경험이었다. 레츠의 눈에서 눈물이 흘러내렸다. 분하고 또 분해서 저도 모르게 눈물이 흐른 것이다.

레츠는 자신만의 독특한 특성으로 인해서 치레이 후작과의 결투에서 승리할 수 있을 거라고 생각했다. 그러나 그건 그저 착각에 지나지 않았다.

치레이 후작과 치열하게 접전을 펼쳐 그에게 상처를 입혔다는 사실은 아무것도 아니었다. 내가 죽게 생겼는데 상대에게 상처를 입힌들 아무런 소용이 없는 것이다.

레츠는 치레이 후작과의 결투로 자신은 죽었다고 여겼다. 재수가 좋아 죽지 않고 살아남았지만 분명 그 결투는 자신의 죽음으로 끝이 났다.

치레이 후작과의 결투를 몇 번을 다시 떠올려 보아도 결과는 달라지지 않았다. 자신이 과연 치레이 후작의 모든 것을 알고 있는지조차 명확하지 않을 정도였다.

치레이 후작과의 일이 떠오르자 명상이 흔들렸다. 그만큼 레츠의 머릿속에는 치레이 후작과의 대결로 가득 차 있었다.

우선 머릿속에서 치레이 후작과의 대결부터 지워 나가야 했다.

명상의 집중도가 높아져 갔다. 레츠는 서서히 치레이 후작에 관한 일들이 머릿속에서 지워져 갔다. 그리고 더 나아가 자신에 대한 생각마저 지워 갔다.

조용히 자신의 안을 바라보던 시간도 끝나고 눈을 떴다. 그의 눈에는 만족감이 가득 차 있었다. 마음의 평정심을 되찾은 것이다.

레츠는 몸 상태를 점검하기 위해 마나심법을 운용하기 시작했다. 크렌스피 백작가문의 비전 심법이었다.

그의 몸속에서 마나가 요동치고 있었다. 그의 의지에 따라 마나가 활발하게 활성화되었기 때문이다. 몸도 이제는 완벽해졌다.

훈련을 시작해도 이상이 없을 것이다.

레츠가 자세를 바로잡고 위에서 아래로 검을 휘두르기 시작했다. 열과 성을 다해 계속 검을 위에서 아래로 움직이자 숨이 차오르기 시작했다.

심장이 터질 듯이 거칠게 뛰기 시작했다. 숨이 턱까지 차올라 당장에라도 움직임을 멈추고 싶었다. 그러나 레츠는 절대 멈춤이 없었다.

아무런 미동도 없이 계속 검을 휘두르는 것이 전혀 지친 것 같아 보이지 않을 정도였다. 레츠는 그렇게 하루 종일 훈련을 계속했다.

"이 정도면 기본기는 충분하군."

레츠에게 있어 하루 종일 검을 휘두른 것은 기본기 연습이었다. 이제 본격적인 훈련에 돌입했다.

우선 촉각을 없앴다. 역시나 아무런 느낌이 없었다. 후각을 없앴다. 이것 또한 훈련에는 아무런 지장이 없었다.

청각을 없애고 나서야 균형 감각에 이상을 보이고 있었다. 훈련이 계속되자 머리가 어지러웠다. 그러나 레츠는 이를 무시하고 계속 훈련했다.

마지막으로 시각을 없앴을 때에야 레츠는 촉각과 후각이 사라진 것에 영향을 받기 시작했다.

아무것도 없는 무의 공간에서 촉각과 후각이 얼마나 많은 역할을 하는지 깨달을 수 있었다. 레츠는 모든 감각을 지우고는 자신의 검의 간격을 찾기 위해 노력했다.

검 끝의 위치가 어디까지인지를 파악해야 하는 것이다. 아무런 감각도 없는 상황에서 말이다. 레츠가 파악할 수 있는 것은 바로 검의 길이와 무게뿐이었다.

검의 무게를 가늠해서 얼마나 많이 움직이는 데 제약을 주는지를 파악해야 했다. 이는 감각과는 다른 것이었다.

근육의 움직임 하나하나가 기억하는 것이다.

검이 움직일 때마다 바람의 저항감이 얼마나 생기느냐에 따라 자신의 간격을 가늠하는 것이다.

자신의 간격 안에서 어떤 움직임이라도 자연스럽게 할 수 있다면 다시는 패배하지 않을 것이다.

레츠가 갑자기 몸을 격하게 움직이기 시작했다. 그리고 그런 움직임 속에서 검 끝의 위치를 파악하는 데 상당한 노력을 기울이고 있었다.

다른 것은 필요 없었다.

검 끝이 위치해 있는 곳을 정확히 알아차리면 되는 것이다. 바람의 저항감에 따라 달라지는 미묘한 근육의 차이점을 알 수 있으면 된다.

손에 들고 있는 검이 익숙해지자 모양이 다른 검으로 바꾸고 수련을 계속했다. 익숙함은 좋은 반응이 아니었다. 낯선 느낌 속에서 미묘한 검의 움직임을 눈치채야 한다.

공간적, 시각적 감각이 사라진 상황에서 한순간 방심을 하면 자신이 지금 어디에 있는지 모르는 정신적 공황 상태에 빠지게 된다.

하늘이 뒤집히고 땅이 일어서는 느낌과 함께 심한 어지러움을 동반한다. 이것은 신체가 반응할 수 있는 한도를 벗어났기 때문이다. 이는 매우 좋지 않은 반응이었다.

훈련 중에 검 끝에서 정신을 놓치면 안 된다. 검 끝에서 정신을 놓치는 순간 훈련을 처음부터 다시 해야 하기 때문이다.

검 끝에 정신을 집중하고 하루를 보내게 되었을 때 레츠가 촉각을 되살렸다.

레츠가 훈련을 시작하고 촉각을 되살릴 때까지 걸린 시간은 1년이 훌쩍 지난 뒤였다.

촉각이 되살아나자 근육의 미묘한 움직임만으로 검 끝을 느낄 수가 없었다. 피부에서 느껴지는 자극들이 더 강했기 때문이다.

강한 피부 자극 속에서 검 끝을 느껴야 했다. 그리고 몸속에 있는 마나와 공기 중에 있는 마나와의 차이를 느껴야 했다.

그 차이가 마나의 활용도의 차이를 가져다줄 것이다. 소드 마스터가 되기 위한 첫 단계가. 마나의 활용을 원활히 할 수 있어야 했다.

마나를 압축하고 진동시켜야 한다. 오러 블레이드의 실체였다.

레츠가 마나를 강제로 뭉치기 시작했다. 소드 오러와는 다른 마나 활용법이었다.

강제로 뭉쳐진 마나를 짧고 빠르게 진동시켜 나갔다. 진동시키는 방법은 검 속에 강제로 주입한 마나와 공기 중에 자유롭게 존재하는 마나를 반응시키면 되었다.

우웅, 우웅, 우웅.

레츠의 손을 타고 검이 급격하게 떨리고 있었다. 불규칙적으로 진동이 느껴지고 있었다.

'아니다. 이 정도의 진동은 오러 블레이드가 아니다.'

레츠가 아닌 다른 이가 봤다면 오러 블레이드라고 착각할 정도로 매우 흡사한 모습을 보여 주고 있었다.

레츠의 검에 형성되어 있던 변형된 오러 블레이드가 한순간에 사라졌다.

"휴우."

치레이 후작과의 대결은 레츠에게 많은 것을 느끼게 해 주었다. 그중에 최고는 역시나 오러 블레이드의 실체를 엿볼 수 있었던 것이다.

소드 마스터. 그리고 오러 블레이드.

검술의 경지에 다다른 이후에 깨달음을 얻어야지만 얻을 수 있다는 경지였다.

검술에 대한 깨달음. 아니다. 레츠는 소드 마스터가 될 수 있는 방법은 검술에 대한 깨달음이 아니라, 마나에 대한 깨달음이 있어야 한다고 생각했다.

소드 마스터의 전유물인 오러 블레이드를 만들어 내기 위해서는 남다른 마나 활용법을 터득해야 하기 때문이었다.

레츠가 여기서 약간 착각에 빠진 것은 소드 마스터 전부가 마나에 대한 깨달음을 통해 마스터의 경지에 오른 것은 아니란 것이다.

어느 누구는 정말 죽도록 검만 휘둘러서야 소드 마스터가 될 수 있었으며, 어느 누구는 레츠처럼 마나 활용법을 깨닫고 소드 마스터가 될 수 있었다.

만약 레츠가 생각했던 것처럼 모든 소드 마스터가 마나 활용법을 깨달아야지만 된다면, 세상의 모든 마법사는 소드 마스터가 돼야 하는 것이다.

레츠가 깨달은 마나 활용법은 소드 마스터가 될 수 있는 한 갈래를 터득한 거였다.

그가 소드 마스터의 경지에 한발 다가섰을 때는 촉각을 살리고 1년이라는 세월이 지난 뒤였다.

레츠가 훈련을 시작한 지도 벌써 2년이란 시간이 흘렀다. 그러나 그는 시간 개념이 사라진 지 오래였다.

자이엔느의 도움을 받아야지만 밥을 먹을 수 있고 몸을 씻을 수 있으며 볼일을 볼 수 있었다. 레츠의 훈련이 길어지면 길어질수록 자이엔느의 고충 또한 날로 커져 갔다.

자이엔느는 이런 고충에도 아무런 불만도 없었다. 레츠가 자신에게 의지해야만 생활할 수 있다는 사실 하나만으로도 만족하고 있었다.

레츠에게 도움이 될 수 있다는 사실만으로 그녀는 행복을 느끼고 있었다. 레츠와 정말 가까워진 것을 느낄 수 있었기 때문이다.

레츠가 후각을 되살렸다.

훈련하는 내내 음식 냄새가 필요하다는 소리에 자이엔느가 식당을 아예 연무장 근처로 옮겨 버렸다.

강한 음식 냄새가 레츠의 훈련을 방해했다. 2년 만에 처음 맡아 보는 음식 냄새인지라 식욕을 억제하는 데 상당한 노력이 필요했다.

음식 냄새 하나로 이런 쾌락을 느낄 수 있는지 레츠는 처음 알았다. 후각과 촉각이 동시에 작용하기 시작하니 검 끝의 움직임을 쫓는다는 것이 여간 어려운 것이 아니었다.

훈련을 하는 시간보다 명상을 하며 지내는 시간이 많아지고 있었다. 그렇지 않으면 마음의 평정심을 잃고 이 모든 것이 물거품이 될 것만 같았기 때문이다.

몸과 마음이 지쳐 갈 때 레츠는 치레이 후작과의 대결을 떠올렸다. 그때 당한 패배를 곱씹으며 전의를 불태웠다.

청각을 다시 얻었을 때, 고막이 터져 나가는 줄 알았다. 작은 새의 지저귀는 소리에도 고통스러웠다.

레츠가 청각에 어느 정도 적응하는 모습을 보이자 자이엔느가 연무장에 악단을 불러 연주하도록 했다.

이제는 레츠보다 자이엔느가 더 열성적이었다. 레츠의 눈을 못 본 지도 3년이란 시간이 지나고 있었다. 자이엔느는 그가 자신을 바라봐 주길 바라고 있었다.

청각에 대한 훈련이 끝나야지만 레츠의 눈을 가리고 있던 안대를 풀 것이다. 그러면 레츠의 눈을 볼 수 있었다.

보고 싶었다. 청각에 대한 훈련이 빨리 끝나도록 영지 전체를 침묵 속에 빠져들게 하고 싶었다. 그러나 자이엔느는 자신의 욕심만을 채울 수 없었다. 그래서 아예 악단을 불러들인 것이다.

레츠가 훈련에 적응하는 속도가 빨라지고 있었다. 온갖 자극에서 평정심을 유지하는 것이 너무도 쉬웠다.

훈련이 쉬워진 만큼 반대로 어려워진 것도 있었는데 그것이 바로 하나의 감각을 열 때마다 전해지는 자극이 커진다는 것이다. 그래서 하나의 감각을 되돌릴 때마다 보통 1년이란 시간이 필요했다.

청각도 물론 마찬가지였다. 그리고 마지막으로 눈을 가린 안대를 풀었다. 그렇다고 바로 눈을 뜰 수 있는 것이 아니었다.

햇빛은 다른 어떤 자극보다 너무도 강하고 자극적이었기 때문이다. 레츠가 제대로 눈을 뜬 것은 안대를 풀고 3개월이란 시간이 지나고 난 뒤였다.

"부인. 그동안 고생했소."

"아니에요, 영주님. 저는 영주님과 가까워질 수 있어서 너무나 기뻤습니다."

자이엔느가 레츠의 품에 안겨 기쁨의 눈물을 흘렸다. 이제 그의 눈을 마주 보며 대화할 수 있었기 때문이다.

레츠의 훈련이 끝난 것은 아니었지만 그래도 자이엔느는 너무나 기뻤다.

레츠가 훈련을 시작한 지 햇수로 4년이 지난 어느 날 자이엔느가 임신을 했다. 이제 7살이 된 레이진의 동생이 생기는 것이다.

† 제9장 †

병사들의 훈련

레츠의 시각 훈련도 완벽하게 끝난 것은 그의 나이 25살이 되던 해였다.

스스로 만족할 만한 성과를 거두기 전까지는 훈련을 멈추지 않겠다는 결심을 지켜 낸 것이다.

이제 다시 치레이 후작과 대결을 펼쳐도 지지 않을 자신이 있었다. 아니, 자신이 아니라 치레이 후작을 이길 수 있다는 확신이 생겼다.

레츠가 지난 5년여 동안 훈련을 통해 달라졌다면 치레이 후작 또한 레츠 못지않게 성장했을 것이다. 그러나 이는 레츠에게 문제가 되지 않는다.

그렇다고 레츠는 지금 당장 복수를 꿈꾸지 않았다.

복수할 수 있는 시간은 아직도 많이 남아 있었다. 그리고 무엇보다도 크렌스피 영지가 메이노프 영지보다 전력 면에서 밀리는 것이 사실이었기 때문이다.

레츠는 치레이 후작에게 개인적인 복수를 하고 싶은 것이 아니었다. 영지와 영지의 대결에서 치레이 후작을 패배시키고 싶은 것이다.

영지전의 승리야말로 레츠가 원하는 진정한 복수였다.

레츠가 훈련이 끝나고 가장 먼저 찾은 이는 위릿이었다. 지난 5년간 제국의 변화된 정세에 대해 파악해야 했기 때문이다.

위릿은 1년 전 정식으로 집사가 되었다.

"그동안 따로 준비해 둔 것입니다."

위릿이 레츠에게 그동안 정리해 둔 자료를 넘겼다.

"그리 중요한 사항은 보이지 않는군."

레츠가 훈련에 매진했던 5년간 제국은 별다른 사건이 없었다. 그저 그렇게 흘러갔던 것이다. 아무런 사건도 터지지 않았기에 레츠가 5년이란 시간 동안 훈련에 매진할 수 있었던 것이다.

"이것은 영주님이 따로 알아보라고 한 자료입니다."

"꽤나 방대한 분량이군."

5년간 모아 둔 자료보다 지금 레츠에게 건넨 자료가 더욱 많았다.

"이 중에 가능성이 있는 자들은 몇 명이나 되지?"

"가능성만 가지고 따진다면 그곳에 있는 모든 이가 전부 가능합니다."

"그렇겠지. 그러니까 나에게 보여 주는 것이지. 내가 쓸데없는 질문을 했군."

위릿의 말에 레츠가 가볍게 코웃음을 치며 대답했다.

"아닙니다."

위릿이 아니라 듯 손사래를 쳤다.

레츠는 위릿이 건네준 자료 중 첫 장을 집어 들고는 전부 읽기 시작했다.

"아무래도 제일 위에 있는 것을 보니 그나마 가능성이 가장 높은 것 같군."

"그렇습니다. 제국의 7번째 소드 마스터가 되어 줄 것이라고 믿고 있는 이들이 대부분입니다."

소드 마스터가 될 가능성이 높은 이들.

레츠가 위릿에게 조사해 보라고 지시를 내린 사항이었다. 소드 마스터라 함은 레츠의 경쟁자라는 말과도 같았다.

훗날 자신의 경쟁자가 될지도 모르는 이들을 미리 파악해 두는 것이 좋았다.

"여기서 가족 중에 소드 마스터가 있는 이들은?"

"어퓨네스 테스린 공작의 아들이 유일합니다."

"역시 이자인가."

현재 제국의 7번째 소드 마스터가 될 가능성이 가장 높은 자들 중에 첫손에 꼽히는 인물로 이름은 웨이드 테스린이었다.

어퓨네스 테스린 공작을 제외하고는 다른 소드 마스터의 자식들은 너무 나이가 어렸거나 재능이 미미했다.

어퓨네스 테스린 공작.

황제파 귀족들의 대표격인 인물로 제국의 명문 가문인 테스린 가문의 수장이다.

현재 테스린 가문의 장녀가 제국의 황태자와 혼담이 오갈 정도로 막강한 권력을 가지고 있는 실세 중의 실세였다.

황태자의 나이가 이제 겨우 10살인 점을 감안하면 얼마나 대단한 권력을 보유하고 있는지 짐작할 수 있을 것이다.

치레이 후작이 소드 마스터가 되지 않았다면 제국 총기사단 단장의 자리는 그의 것이란 말이 과장은 아니었다.

제국에서 토미레 총단장보다 검술 실력이 더 우위에 있다고 판단되어지는 유일한 인물이었기 때문이다.

거기다 메이노프 후작가문에 이어 한 가문에 두 명의 소드 마스터가 탄생할 가능성이 가장 높은 가문이기도 했다.

"철저하게 감시해야 한다."

"잘 알겠습니다."

위릿이 따로 감시할 필요도 없었다. 웨이드 자체가 워낙 유명하다 보니까 그가 소드 마스터가 되는 순간 제국 전역에 빠른 속도로 퍼져 나갈 것이다.

어퓨네스 공작은 자신의 가문이 메이노프 후작가문보다 뒤쳐진다는 사실을 견디기 힘든 모욕이라고 여기는 인물이었다.

토미레 총단장이 메이노프 영지의 영주로 있을 때는 제국 제일의 가문은 테스린 공작가문이었다. 그러다 치레이 후작이 소드 마스터가 되자 테스린 공작가문을 제치고 메이노프 후작가문이 제국 제일의 명문가문이 된 것이다.

어퓨네스 공작의 아들인 웨이드가 소드 마스터가 되는 순간, 어퓨네스 공작 스스로 제국에 널리 선포하며 제국 제일의 명문가문을 되찾을 것이다.

거기에 토미레가 맡고 있는 제국 총기사단 단장직을 넘볼 것이 분명했다. 그만큼 귀족파에서도 어퓨네스 공작을 견제하기가 힘들었다.

"테스린 영지와 메이노프 영지가 서로 치고 박고 싸우면 좋겠는데 말이야. 그러다 소드 마스터가 죽어 주면 더 좋고 말이다."

만약 두 가문이 서로 전쟁을 일으킨다는 상상만으로도 레츠는 즐거운 비명을 지를 것 같았다.

막강한 두 가문이 서로 치고 박고 싸운다면, 엄청난 전력 손실을 가져오기 때문이다. 그렇게만 된다면 크렌스피 영지는 손도 안 대고 코 푸는 격이었다.

이는 레츠의 바람이었다. 그리고 바람은 그저 바람일 뿐이었다.

메이노프 후작가문이 현재 두 명의 소드 마스터를 보유하고 있다고 하지만 영지의 전력에서 테스린 영지에 크게 뒤지고 있는 것이 사실이었다.

토미레 총단장이 미치지 않고서야 테스린 영지와 전쟁을 벌일 일은 절대 없을 것이다. 서로 공멸하는 지름길이었다.

훗날 레츠의 바람과는 다르게 테스린 영지와 메이노프 영지 두 곳 모두 크렌스피 영지와 전쟁이 벌어진다. 제국의 패권을 놓고 말이다.

레츠는 란스 자작이 건네주는 자료를 읽다가 갑자기 짜증이 울컥 치밀어 올랐다.

"우리가 몬스터랜드에 토벌대를 보내는 것이 하루 이틀인가? 그런데 몬스터들에게 죽어 나가는 병사들이 왜 이토록 많은 것이냐!"

"죄송합니다. 다 제 불찰입니다."

레츠가 훈련에 빠져 영지의 일을 등한시하고 있을 때, 토벌대를 이끌고 몬스터랜드로 들어선 이는 란스 자작이었다.

테일 남작은 레츠가 치레이에게 패하고 난 뒤, 레츠의 복수를 하겠다면 다른 것을 모두 집어치우고는 검술 훈련에 매진하기 바빴다. 그래서 란스 자작이 토벌대 총대장이 될 수밖에 없었다.

"테일 남작. 나에게 하고 싶은 말이 없나?"

레츠의 물음에 테일 남작은 아무런 말도 할 수 없었다. 그저 그의 눈치를 살필 뿐이었다.

"골치가 다 지끈거리는군. 이래선 내가 가신들을 믿고 일을 맡길 수가 있겠어?"

"죄송합니다, 영주님. 이것은 전부 제 잘못입니다."

테일 남작이 레츠 앞에 한쪽 무릎을 꿇으며 잘못을 시인했다.

"이게 무릎을 꿇는다고 해결될 것처럼 보였나?"

"죄송합니다. 면목 없게 되었습니다."

이제는 란스 자작까지 레츠 앞에 무릎을 꿇었다.

란스 자작과 테일 남작을 타박하기 위해 꺼낸 말이 아니었다. 그런데도 란스 자작과 테일 남작은 마치 죽을죄를 지은 것 마냥 유난을 떨고 있었다.

치레이 후작과의 일이 있고 난 뒤부터 가신들의 반응이 상당히 달라져 있었다. 아니, 레츠가 정식으로 크렌스피 영지의 영주가 되자 달라진 것이다.

"됐다. 그만들 일어나라. 그보다 죽은 병사들의 가족에게 보상은 해 주었겠지?"

"그렇습니다. 섭섭하지 않게 잘 챙겨 주었습니다."

란스 자작은 그런 방면에 있어서는 철저하게 일을 처리한다. 크렌스피 영지를 위해 목숨을 잃은 것이다. 그만큼 대우를 해 줘야 했다.

"끙. 병사는 병사대로 잃고, 돈은 또 돈대로 잃는군."

레츠의 입에서 앓는 소리가 터져 나왔다. 그가 훈련에 빠져 있는 시간 동안 영지의 자금 사정이 나빠졌다.

영지의 자금 사정이 여간 빡빡한 것이 아니었다. 해가 지나면 지날수록 영지의 자금 사정이 나빠져 갔다. 이제는 단돈 한 푼이 아까운 시기였다.

"병사들은 이미 모든 훈련을 마쳤는데 어찌 된 것이 토벌대에 참여하면 이렇게 많이 죽어 나가는 것이냐? 그 원인이 무언지에 대해 파악이 끝났나?"

"그것이 몬스터들이 선천적으로 가지고 있는 흉포함에 병사들이 주눅 들었기 때문입니다."

"주눅이 들었다고?"

"그렇습니다. 그래서 초창기 영지를 세울 때, 수많은 이들이 몬스터에게 죽은 원인이기도 했습니다."

몬스터들은 원래 자신보다 약자에게는 본능적으로 발휘되는 흉포함이 있었다. 그 흉포함에 병사들이 고양이 앞의 쥐처럼 꼼짝도 하지 못했다.

신참 병사 10명이 토벌대에 참여한다면, 그중 4명은 살아 돌아오지 못했고, 2년차에는 남아 있는 6명 중에 2명은 돌아오지 못했다. 3년차에 접어든 4명의 병사들이 진정한 영지의 전력이 되는 것이다.

"병사들이 중형 몬스터를 상대하기로 했다는 말이냐? 그렇지 않고서야 몬스터에게 주눅이 들 이유가 없잖아. 죽고 죽이는 사선에서 오크에게 주눅이 들었다고는 말하지 못하겠지?"

레츠는 설마하면서 말했다. 그런데 가신들의 반응이 너무도 이상했다.

"설마 오크야?"

"……."

"오크냐고 묻고 있잖아!"

레츠가 입을 다물고 있는 가신들에게 언성을 높이기 시작했다.

"……오크뿐만이 아닙니다. 몬스터는 그 종류를 가리지 않습니다."

설마가 사람을 잡는다고 지금이 그 꼴이었다.

"개판이잖아."

란스 자작의 설명을 듣고 레츠가 내린 결론이었다.

몬스터를 잡기 위해 훈련을 받는 병사들이 몬스터가 내뿜은 흉포함에 주눅이 들어 제대로 싸우지도 못한다니, 이 얼마나 한심한 일인가 말이다.

"앞으로도 계속 병사들의 희생은 어쩔 수 없다는 말인가?"

"……그렇습니다."

이는 어쩔 수 없는 일이다. 인간은 본능적으로 몬스터를 두려워한다.

"대책은? 대책이 있어야 할 거 아냐! 이대로 병사들이 몬스터의 손에 죽어 나가는 걸 보고 있어야 한다는 소리냐!"

"……."

아무리 강심장을 가지고 있는 병사라도 몬스터를 처음 대면하게 되면 저도 모르게 바보가 되어 버린다. 이건 누가 어떻게 해 줄 수 있는 일이 아니었다.

레츠는 병사들을 위해 아무것도 해 줄 수 없다는 사실을 받아들일 수 없었다.

병사들의 숫자를 늘려야 하는 상황에서 오히려 반대로 병사들의 숫자가 줄어들고 있으니 여간 속이 쓰린 게 아니었다.

"오크를 잡으러 간다."

"네?"

한 번에 못 알아듣자 레츠의 목소리가 높아졌다.

"오크를 잡으러 간다고!"

란스 자작은 자신이 잘못 들었다고 생각했다. 그런데 잘못 들은 것이 아니었다. 레츠는 오크를 잡으러 몬스터랜드에 들어가려 하고 있었다.

"영주님, 다시 한 번 재고해 주십시오. 오크를 잡으러 간다니요."

"란스 자작. 오크가 무섭나?"

"그건 아닙니다."

"그럼 잔말 말고 따라와."

레츠가 고개를 돌려 테일 남작을 바라봤다.

"자네는?"

"저야 당연히 영주님을 따라가겠습니다."

레츠의 즉흥적인 결정으로 그날 블랙윙 기사단 전부가 몬스터랜드로 출발했다. 오크를 사로잡기 위해서 말이다.

"테일 남작. 똑바로 못하나."

"죄송합니다, 영주님."

테일 남작이 레츠의 호통 소리에 머쓱해하면서 일행과 떨어져 주변을 배회하기 시작했다.

몬스터랜드에서 잠깐의 방심은 목숨을 내놓는 것이나 다름없었다. 긴장감을 찾아볼 수 없는 테일 남작의 태도에 레츠의 목소리가 커질 수밖에 없었다.

테일 남작은 한참을 돌아다닌 끝에야 오크를 발견할 수 있었다. 그런데 문제는 오크가 혼자가 아니었다. 오크 세 마리가 어슬렁거리며 돌아다니고 있었다.

레츠는 테일 남작에게 혼자 돌아다니는 몬스터를 유인하라고 지시했다. 그런데 아무리 둘러봐도 혼자 돌아다니는 몬스터를 찾을 수가 없었다.

못 봤으면 모를까 자꾸만 오크에게로 눈길이 쏠렸다. 오크가 무리를 이루고 있어도 오크일 뿐이다. 그것도 수십 마리 무리가 아닌 달랑 세 마리뿐이었다.

쿠엑!

오크들이 테일 남작을 발견하고는 특유의 소리를 질러 댔다. 그러고는 세 마리가 동시에 테일 남작을 덮쳐 왔다.

"옳지. 잘한다."

먹이를 발견하고 저돌적으로 달려드는 오크를 보면서 테일 남작은 너무도 평온했다.

그는 오크들이 가까이 접근할 때까지 기다렸다가 일행이 있는 곳으로 몸을 피했다.

오크들은 그가 자신들을 보고 도망치자 괴성을 지르며 뒤쫓기 시작했다.

"영주님. 테일 남작이 오크를 세 마리나 끌고 오고 있습니다. 어떻게 하는 게 좋겠습니까?"

"한 마리만 유인하라고 그리 당부했건만."

레츠가 즉흥적으로 결심한 일이지만 몬스터를 포획하는 것이 그리 쉬운 일이 아니었다. 게다가 이번이 처음이라 요령이 없었다. 그래서 테일 남작에게 한 마리만 유인하라고 했던 것이다.

혹시 모를 돌발 상황에 대비하기 위해서는 아무래도 한 마리가 편했던 것이다. 그렇다고 처음부터 포기할 수는 없었다.

실패하더라도 경험 삼아 도전해 볼 필요가 있었다.

"잡아당겨."

테일 남작이 자기가 매복하고 있는 곳을 지나쳐 가자 레츠가 곧바로 명령을 내렸다. 그와 동시에 바닥에 놓여 있는 줄을 양쪽에서 힘껏 잡아당겼다.

테일 남작을 향해 전속력으로 달리던 오크들은 발목 위치에 놓여 있는 줄을 발견하지 못했다.

쿠에엑!

선두에서 달리던 오크가 줄에 걸려 넘어지자 그 위로 다른 오크들이 연이어 넘어졌다.

"지금이다. 던져!"

레츠가 손에 들고 있던 그물을 힘껏 던지며 소리쳤다. 그가 던진 그물이 허공을 날아가 한데 어울려 넘어져 있는 오크 위로 떨어져 내렸다.

"으랏차!"

"빨리 던져."

그물은 하나만이 아니었다. 서너 개의 그물이 한순간에 허공을 수놓은 것이다. 엉뚱한 데로 떨어진 그물이 많았다. 그렇지만 몇몇 그물은 제대로 오크의 머리 위로 떨어졌다.

블랙윙 기사단도 처음 하는 일이라 상당히 흥분해 있었다. 그래서 정확도가 많이 떨어진 것이다.

"좋았어."

레츠가 그물에 엉켜 발버둥 치고 있는 오크를 바라보며 만족해했다. 처음 하는 거였는데 그런대로 괜찮았다고 판단했다.

"있는 힘껏 잡아당겨."

"알겠습니다."

그물을 잡고 있던 기사들이 레츠의 명령에 힘차게 잡아당겼다.

쿠에엑!

그물을 잡아당기면 당길수록 오크 특유의 멱따는 소리가 울려 퍼졌다. 그물 안에 갇힌 오크는 별다른 저항 한 번 못해 보고 블랙윙 기사단에 의해 포획되었다.

레츠는 자신의 소집 명령에 바람처럼 집합한 블랙윙 기사단에게 그물을 하나씩 제공했다. 그러고는 그들을 이끌고 몬스터랜드로 들어왔다.

몬스터를 잡는 데 특별한 재료가 필요한 것이 아니었다. 그저 맨몸 하나와 몬스터의 행동을 제약할 그물이 전부였다.

홀로 떠돌아다니는 몬스터를 발견하면 테일 남작이 몬스터 주위를 얼쩡거린다. 그러면 몬스터가 사람 냄새를 맡고 테일 남작에게 달려들었다.

이때 몬스터를 유인할 미끼가 된 테일 남작이 일행이 있는 쪽으로 몬스터를 유인하면 기다리고 있던 기사들이 그물을 던져 몬스터를 사로잡는 것이다.

처음에는 욕심도 부리고, 몇 번 성공과 실패를 반복했다. 그리고 레츠에게 욕도 많이 얻어먹더니 이제는 제법 몬스터 사냥꾼의 자세가 나왔다.

"안으로 너무 들어가지 마. 몬스터가 없으면 나중에 잡으면 된다."

몬스터를 유인할 역할을 맡고 있는 테일 남작이 자꾸 숲 속 깊숙히 들어가려고 하자 레츠가 이를 제지하고 나섰다.

몬스터랜드가 달리 몬스터랜드가 아니었다. 조금만 방심해도 중형 이상의 몬스터에게 포위당해 먹잇감으로 전락할 수 있었다.

레츠는 블랙윙 기사단을 이끌고 몬스터랜드 입구에서만 깔짝거리고 있었다. 그래도 성과가 좋아서 제법 많은 몬스터를 사로잡을 수 있었다.

"날이 점점 어두워지고 있습니다. 이만 끝내고 돌아가는 것이 어떻겠습니까?"

"몬스터 사냥이 제법 재미있어서 시간 가는 줄 몰랐네. 더 늦기 전에 돌아가도록 하지."

란스 자작의 제안에 레츠가 선선히 응했다.

몬스터를 사냥할 기회는 오늘이 아니더라도 많았다. 레츠는 포획된 몬스터를 끌고 영지로 복귀했다.

"란스 자작. 여기에 있는 몬스터들을 우리에 가두고 병사들이 훈련하고 있는 곳에 가져다 놓도록 해라."

"한 우리에 전부 집어넣습니까? 그렇게 되면 몬스터끼리 싸우다 죽을 수도 있습니다."

란스 자작의 말에 일리가 있었다.

"그런가? 그럼 하나씩 따로 우리에 가둬서 가져다 놔라."

"알겠습니다."

몬스터 사냥이 재미는 있지만 은근히 몸의 피로가 상당했다. 몬스터와 힘겨루기를 하루 종일 해야 했기에 피곤한 것이다.

"란스 자작님. 내일도 몬스터를 포획하러 가야 하는 것입니까?"

"그건 나도 확신할 수 없다. 오직 영주님이 결정하실 일이지."

"그렇습니까."

란스 자작의 말에 기사가 고개를 끄덕이며 동조했다. 역시나 몬스터 포획은 레츠의 의사가 가장 중요했다.

레츠는 그날 이후로도 몇 번이나 몬스터를 포획하기 위해 몬스터랜드로 들어갔다.

영주가 직접 몬스터를 포획하고 있다는 소문이 나돌자 영지가 들썩이고 있었다.

몬스터를 포획해서 어디에 사용할지에 관심을 보이는 것이 아니라, 레츠가 직접 몬스터랜드에 들어가서 몬스터를 포획하고 있다는 사실에 관심을 드러냈다.

영주가 솔선수범해 일을 추진하고 있다는 자체만으로 영지민들은 만족하고 있었다. 네이드빌 영주 시절에는 절대 경험할 수 없었던 새로운 모습이었기 때문이다.

더군다나 레츠가 몬스터를 포획하는 이유가 몬스터들에게 죽는 병사들의 숫자를 조금이라도 줄이기 위해서라는 말에 영지민들의 열광은 당연했다.

레츠에 의해 포획된 몬스터들은 곧바로 철창에 갇혀져 영지 곳곳에 보내지고 있었다.

레츠는 병사들뿐만 아니라 영지민 전부에게 몬스터에 대한 두려움을 없애기로 작정한 것이다.

처음에 영지민들은 몬스터의 등장에 많은 우려를 표명했다. 아무리 철창 안에 갇혀 있다고 해도 몬스터는 몬스터였기 때문이다.

몬스터의 흉포함이 사라지지 않았기에 두려워했던 것이다. 그러나 그것도 하루 이틀이었다. 몬스터를 계속 보게 되자 이제는 무덤덤해졌다.

몬스터가 영지 곳곳에 등장하면서 몬스터 특유의 악취가 진동하기 시작했다. 그러자 이와 대조적으로 영지민들의 청결 상태가 좋아지기 시작했다. 몬스터와 비교되기 싫었기 때문이다.

몬스터의 등장은 재미있는 놀잇거리가 부족한 아이들의 많은 환호를 이끌어 내고 있었다.

아이들은 철창 안에 갇혀 있는 몬스터에게 장난을 치며 몬스터에 대한 두려움을 하나씩 지워 가고 있었다.

몬스터에 대한 두려움은 아무것도 아니었다.

경험해 보지 못한 것에 따른 지극히 당연한 반응일 뿐이었다. 그렇기에 토벌대에 참여하기 전에 몬스터에 대한 적응 훈련을 마친다면 몬스터 특유의 흉포함에 빠져 몸이 굳는 불상사는 벌어지지 않을 것이다.

몬스터를 포획한 이후에 병사들이 훈련하는 훈련장 한 곳에 투기장이란 것이 만들어지기 시작했다.

"허크. 똑바로 할 수 없나?"

"그래 가지고 밥이나 제대로 얻어먹을 수 있겠어."

"킥킥킥."

오크와 맨손 격투를 하고 있는 허크가 수세에 몰리자 이곳 저곳에서 동료 병사들의 야유가 쏟아지고 있었다.

"닥쳐!"

허크가 동료 병사의 야유에 참지 못하고 버럭 화를 냈다.

"어쩜 화내는 모습까지 오크와 똑 닮을 수 있지?"

"크하하하."

"푸하하. 정말이잖아."

허크를 놀리는 병사들의 수위가 높아지자 백부장이 앞으로 나섰다.

"자자자. 이제 허크를 그만 놀리도록. 그보다 허크. 네가 빨리 오크를 처리하지 않으니 동료들이 놀리는 것이 아닌가."

병사들을 지휘하는 백부장이 앞으로 나서서 주변을 정리하자 그곳에 있는 병사들이 그의 말을 따르기 시작했다.

"알겠습니다. 잠시만 기다려 주십시오."

허크가 오크를 바라보며 조금은 굳어 있는 근육을 풀어 줬다. 맨손으로 오크를 상대하기는 처음이라 조금은 긴장이 되었던 것이 사실이었다.

"내가 너로 인해 동료들에게 웃음거리가 되었다. 각오 단단히 해 두는 것이 좋을 것이다."

쿠엑!

허크의 말에 화답이라도 하듯이 오크가 흉성을 터트렸다.

오크는 보통 성인 남성보다 힘이 강했다. 아무리 단련된 병사라고 해도 오크를 맨손으로 상대하는 것은 버거운 일이었다.

"어금니를 뽑아 버리겠어."

허크가 전의를 다지며 오크에게 달려들었다.

오크의 다리에는 족쇄가 채워져 있어서 일정거리 밖에서는 안전했다. 그렇기에 허크가 충분히 몸을 푼 이후에 오크를 상대할 수 있었다.

허크가 지면을 박차고 달려가서는 그대로 오크와 강하게 부딪쳤다.

쿵!

둔중하게 울려 퍼지는 소리와 함께 호크가 뒤로 밀려났다.

"크윽."

오크의 몸이 생각보다 단단했다.

절로 신음이 터져 나왔다. 그러나 아프다고 엄살 부릴 때가 아니었다. 동료들이 보고 있었다.

동료들 앞에서 강한 한 방을 보여 줘야 동료들의 인정을 받을 수 있었다.

몬스터와의 맨주먹 싸움은 그저 막 싸움에 지나지 않았다. 몬스터와 제대로 된 싸움을 바라는 것 자체가 무리였다.

족쇄로 인해 오크의 움직임이 둔해졌다. 기회가 찾아왔다고 여긴 허크가 오크의 턱주가리에 향해 주먹을 내질렀다.

퍽!

주먹이 묵직한 느낌이 드는 것이 제대로 꽂혔다고 생각했다.

허크가 기회를 놓치지 않고 오크를 강하게 밀어붙였다. 왼손이 다시 한 번 오크의 머리를 강타했다. 그러나 오크는 허크의 주먹에 별다른 타격을 받지 않고 있었다.

허크의 공격을 허용한 오크가 화를 내며 허크를 공격했다. 오크의 움직임 하나하나에 강한 적의가 담겨 있었다. 허크를 기필코 죽이고 말겠다는 강한 적의였다.

쿠엑!

오크가 허크를 향해 주먹을 휘둘렀다.

매우 짧아 보이는 팔 길이였지만 그 안에 담겨 있는 힘은 실로 대단했다.

"으억."

가슴을 한 대 얻어맞은 호크가 뒤로 발랑 뒤집어졌다. 가슴이 아픈 것은 둘째 치고 우선은 너무 쪽팔렸다.

오크에게 맞아 발랑 뒤집어진 꼴이라니, 자신이 생각하기에도 정말 눈뜨고 못 봐 줄 정도였다.

"……."

동료 병사들의 야유가 쏟아질 것이라고 생각했다. 그러나 허크를 비웃는 이는 아무도 없었다. 방금 전의 오크의 한 방이 대단했던 것이다.

오크를 무시하던 마음도 사라져 병사들이 전부 진지해졌다. 무기를 들지 않고 맨손으로 오크를 상대한다는 것이 생각처럼 쉽지 않다는 것을 깨달은 것이다.

허크를 지켜보고 있던 백부장이 조언을 해 주었다.

"아무리 막 싸움이라고 해도 너무 쉽게 공격을 허용했다. 오크는 너보다 강하다. 이 점을 명심해."

"알겠습니다."

십부장인 허크가 오크 하나 상대하지 못한다면 그건 말도 안 되는 일이었다.

레츠가 몬스터를 포획한 이유는 일반 병사들을 훈련시키기 위한 것이었다. 그러기 위해서는 우선 십부장 이상의 병사들이 몬스터를 상대할 수 있어야 했다.

"방패만 있었어도 오크 같은 건 식은 죽 먹기인데."

"허크. 영주님의 말씀을 못 들었나. 십부장 이상은 한 명도 예외 없이 맨손으로 오크를 상대할 수 있어야 한다고 말씀하셨다."

"알고 있습니다. 그저 화가 나서 해 본 말입니다."

"정신 바짝 차려서 이번에는 오크를 쓰러뜨려 봐."

"당연한 거 아닙니까."

호크가 다시 오크에게 달려들었다. 몬스터 특유의 악취가 풍겨 나왔다.

오크의 거친 숨소리가 들리는 곳까지 접근한 호크가 신중하게 움직이기 시작했다.

오크의 반격이 생각보다 만만치 않았기 때문이다.

좌우로 몸을 움직여 오크의 시선을 분산시키고는 주먹을 빠르게 내질렀다. 그러나 호크의 공격을 오크는 뒤로 한발 물러서는 것만으로 간단하게 피해 냈다.

오크가 뒤로 물러나는 모습을 보이자 허크는 제자리에서 뛰어올라 두 발로 오크의 가슴을 걷어찼다.

퍽!

쿠엑!

이번에는 오크가 허크의 공격에 비명을 지르며 뒤로 나가떨어졌다.

"와아아!"

허크의 분전에 동료 병사들이 환호로 답해 주었다.

"좋아. 그 정도면 됐어. 다음은 누구 차례이지?"

"저입니다."

"허크가 하는 것을 잘 봤지. 잘하겠다는 욕심보다는 안전하게 훈련에 임하겠다는 생각으로 오크를 상대해라."

"네."

오크는 병사들의 훈련용으로 포획된 것이다. 죽거나 다치면 안 된다. 오랫동안 살아서 병사들의 훈련을 도와야 했다.

병사나 몬스터나 조금이라도 큰 충격을 받으면 잠시 쉬었다가 다시 시작했다. 그렇게 투기장에는 하루 동안 십부장들의 고함 소리가 울려 퍼졌다.

† 제10장 †

대련 또는 실전

레츠가 개인 훈련을 시작한 지도 벌써 5년이란 시간이 지나갔다.

지난 5년이란 시간 동안 자신이 어떤 성과를 거뒀는지 직접 확인해 볼 필요가 있었다.

자신의 실력을 정확히 확인하는 방법 중에 실전만큼 좋은 것이 없었다. 그것도 목숨을 걸고 하는 대결이 가장 이상적이었다.

문제가 하나 있었다.

크렌스피 영지에서는 목숨을 걸고 대결을 펼칠 상대가 없었다. 그래서 생각해 낸 것이 블랙윙 기사단 전원과의 대결이었다.

레츠는 한두 명의 기사로는 자신의 실력을 파악하는 데 부족하다고 여겼다. 그렇게 해서 블랙윙 기사단을 활용하기로 결정한 것이다.

블랙윙 기사단과의 대결은 생각처럼 쉽지가 않았다. 검술 실력이 부족해서 생기는 어려움이 아니었다.

레츠와 대결을 해야 하는 기사들이 소극적인 자세로 임해 왔기에 생기는 어려움이었다.

영주인 레츠와 대결을 한다는 것은 기사들에게는 상당한 압박으로 작용하고 있었던 것이다.

만약 대결 중 레츠가 부상이라도 당한다면 그 책임을 모두 자신이 져야 하기에 기사들이 갖는 부담은 생각 이상으로 컸다.

레츠는 블랙윙 기사들이 몸을 사리기 시작하자 화가 나서 참을 수 없었다.

대결을 함에 있어서 상대방의 배경에 온통 신경을 집중하고 있는 블랙윙 기사단의 정신 상태가 썩었다고 여겼다.

대결은 언제나 실전처럼.

레츠의 소신이었으며 확신이었다.

실전처럼 상대를 쓰러뜨리겠다는 마음가짐으로, 상대를 죽이겠다는 마음가짐으로 대결에 임하지 않는다면 그건 그저 운동에 지나지 않았다.

레츠는 지금 운동을 원하고 있는 것이 아니라 실전과 같은 대결을 원하고 있는 것이다.

그는 아주 대놓고 몸을 사리고 있는 기사와의 대결에서 손속을 과하게 사용했다.

정말로 실전처럼 적을 죽이겠다는 생각으로 기사를 상대해 버린 것이다.

레츠가 치레이 후작의 검에 생사의 경계를 넘나들었던 것처럼 그와 대결을 벌였던 기사도 레츠의 검에 생사를 넘나들게 되었다.

"영주님. 그저 대결이옵니다. 손속을 너무 과하게 사용하셨습니다."

"블랙윙 기사단이 동요하고 있습니다."

란스 자작과 테일 남작이 소식을 전해 듣고는 레츠를 찾아왔다.

"기사의 대결이 애들 장난인 줄 아느냐? 대결 도중 상처를 입는 것은 일상다반사이다."

레츠는 기사의 부상을 대수롭지 않게 여겼다. 그러나 란스 자작은 그렇지 않았다.

"그게 어디 보통 상처입니까? 의도적으로 만든 상처가 분명했습니다. 그리고 영주님의 실력이라면 상대를 부상 입히지 않고도 제압이 가능하지 않습니까?"

란스 자작이 갖고 있는 의문이 여기에 있었다. 레츠의 실력이라면 기사를 부상 입히지 않고도 제압이 가능하다는 것이다.

"맞다. 대결 중에 내가 검을 멈추지 않아서 생긴 상처가 맞다. 그런데 그것이 잘못된 것이냐?"

"……."

란스 자작과 테일 남작은 입안에서 맴도는 말을 끝내 꺼내지 못했다.

잘못된 것이냐고?

맞다. 분명 잘못된 행동이었다.

영주가 자신에게 충성을 맹세한 기사에게 아무런 이유도 없이 죽을 수도 있는 상처를 만들어 버린 것이다.

"그는 나와 대결 중이었다. 실전을 벌이고 있었다는 말이다. 그런데 그는 나와의 대결에 임하는 자세부터 글러 먹었다."

"그게 무슨 말입니까?"

"실전이다. 그런데 어째서 최선을 다하지 않는 것이냐? 왜 나에게 정신이 팔려서는 자신이 갖고 있는 실력을 전부 발휘하지 않는 것이냐 말이다."

"솔직히 말씀드리면, 저 또한 영주님과의 대결에 상당한 부담을 가지게 될 것임을 부인하지 못합니다."

"어째서? 어째서 나와 대결하는 데 부담을 가지는 것이냐?"

"대결을 벌이는 도중, 영주님이 부상이라도 당하신다면 그 책임을 과연 누가 질 수 있겠습니까?"

레츠가 치레이 후작과의 대결을 벌인 이후 생사를 넘나드는 부상을 입었었다. 그때 크렌스피 영지도 발칵 뒤집혔는데, 그날 이후 레츠의 건강 상태는 크렌스피 영지의 최대 관심사로 떠올랐다.

"실전이다. 실전이 갖는 의미를 모르느냐?"

"충분히 알고 있습니다. 그렇지만 영주님과 대결을 벌여야 하는 기사들의 마음도 헤아려 주십시오."

기사들은 좋아서 레츠와 대결을 하는 것이 아니었다. 레츠가 원하고 있으니 어쩔 수 없이 하고 있는 중이었다. 그런 상황에서 제대로 대결에 임하지 않는다고 상대를 부상 입혀 버린 것이다.

"아니, 왜 이렇게 말귀를 못 알아듣는 것이냐?"

레츠는 레츠대로 답답함을 감추지 못하고 있었다.

"내가 어떻게 치레이 후작의 옆구리에 검을 박아 넣을 수 있었는지 아느냐? 바로 실전 감각이 치레이 후작을 앞섰기 때문이다."

"……."

레츠가 치레이 후작과 접전을 벌일 수 있었던 원인 중에 하나가 치레이 후작보다 많은 실전을 경험했다는 것이었다. 그리고 치레이 후작보다 한 수 앞을 내다볼 수 있는 능력을 보유했기 때문이다.

수 싸움.

레츠가 치레이 후작을 몰아붙일 수 있었던 결정적인 원인이었다.

한 수 앞을 내다볼 수 있는 능력은 머리가 뛰어나다고 생기는 것이 아니었다. 바로 수많은 실전을 통해 감각적으로 느끼는 그 무엇이었다.

란스 자작과 테일 남작도 실전이 얼마나 많은 도움이 되는지 알고 있었다. 그래서 레츠가 하는 이야기를 그저 듣고 있을 수밖에 없었다.

"상대를 꼭 이기고 말겠다는 마음가짐. 그런데 어째서 블랙윙 기사단은 이런 마음가짐을 볼 수 없느냔 말이다."

레츠는 자신과 대결을 벌이는 상대에게서 자신을 꼭 이기고 말겠다는 마음가짐을 느낄 수 없었다.

마음속에 상대를 죽이고 말겠다는 적의를 품고 있지 않다면, 최소한 상대를 꼭 쓰러뜨리겠다는 투기라도 품고 있어야 했다. 그런데 블랙윙 기사단은 그런 것이 전혀 없었다.

"기사라면 최소한 마음속에 검 한 자루는 품고 있어야 하지 않겠느냐! 란스 자작 그대의 가슴속에 기사로서 가지고 있는 열망이 없느냐?"

"가지고 있습니다. 소드 마스터가 되고자 하는 열정과 치레이 후작에게 복수하고 싶다는 열망을 가지고 있습니다."

"그래. 사람이라면 가슴속에 한두 가지 열정을 가지고 있어야 하는데 블랙윙 기사단에게서는 찾을 수 없다는 것이다."

레츠는 이를 심각하게 받아들이고 있었다.

열정이 없다면 그자는 현실에 안주하고 있다는 말과 다름이 없었다. 현실에 만족하고 안주하는 순간 그는 앞으로 발전을 기대할 수 없었다.

"내가 부상을 입으면 좀 어떻다고, 몸을 왜 그리 사리고 있는 것이냐? 자신의 안위가 그렇게 중요해? 그렇다면 자신의 몸을 최우선으로 여기는 용병이나 하면 되잖아."

용병이나 해라.

레츠는 지금 블랙윙 기사단을 대놓고 모욕하고 있었다. 영주가 자신에게 충성을 맹세한 기사단을 싸잡아 모욕을 주고 있는 것이다.

란스 자작과 테일 남작은 그런 레츠 앞에서 아무런 항변도 할 수 없었다.

"기사가 되어서 레이디의 뒤꽁무니나 쫓아다닐 거라면 당장 기사를 때려치우라고 전해라!"

"……."

레츠가 이렇게까지 생각하고 있을 줄은 몰랐다. 그저 자신의 기분에 못 이겨 기사를 부상 입혔다고만 생각했었다. 그래서 레츠를 자제시키려고 찾아왔던 것이다.

"위클렌트를 당장 불러들여라."

"알겠습니다."

레츠가 위클렌트를 찾았다.

크렌스피 영지에서는 영주가 블랙윙 기사단의 단장을 맡고 있었다. 그런데 영주가 해야 하는 일이 많다 보니 실질적으로 블랙윙 기사단을 관리할 시간이 없었다. 그래서 비공식적으로 블랙윙 기사단을 운영 관리할 이를 뽑는데 그것이 위클렌트였다.

"찾으셨습니까?"

"그래. 지금 어디서 오는 길인가?"

"부상당한 기사가 있다고 해서 살피고 오는 길입니다."

레츠는 위클렌트가 안으로 들어오는 순간 비릿한 냄새를 맡을 수 있었다. 바로 피 냄새였다.

"자네도 내가 손속을 과하게 사용했다고 생각하느냐?"

"제가 그 자리에 있지 않아서 뭐라고 드릴 말씀이 없습니다."

위클렌트는 레츠의 질문에 한발 뒤로 물러섰다.

블랙윙 기사단은 지금 레츠에게 부상당한 동료로 인해 상당히 동요하고 있었다.

위클렌트도 그 점을 알고 있었다. 그리고 그가 동료 기사들을 대표해서 레츠에게 어떻게 된 일인지 따져 물어야 하는데 레츠가 영주의 신분이라 강하게 나가지 못하고 뒤로 물러선 것이다.

짝!

위클렌트가 뒤로 물러서는 모습을 보이자, 레츠가 참지 못하고 그의 뺨을 때렸다.

……!

위클렌트의 행동에 화를 내고 있는 레츠를 제외하고 그 자리에 있는 모든 이들이 아무런 행동도 할 수 없었다.

위클렌트가 레츠에게 뺨을 맞았는지에 대한 자각이 부족했다고 보는 것이 정확할 것이다.

위클렌트가 정말 뺨을 맞은 것이 확실한지 눈으로 보고도 믿을 수 없었기 때문이다.

뺨을 맞았다.

왜 뺨을 맞아야 하지?

위클렌트는 '왜?' 라는 의문이 강하게 들었다.

자신이 레츠에게 맞을 이유가 있었던가? 모르겠다.

내가 정말 레츠에게 뺨을 맞은 것이 확실한가? 그것 또한 모르겠다.

위클렌트는 자신이 레츠에게 뺨을 맞았는지조차 자각하지 못하고 있었다. 그만큼 정신적으로 너무나 큰 충격이었다.

"나에게 뺨을 맞았다? 그 이유가 무엇인지 알고 있느냐?"

"모르겠습니다."

짝!

레츠가 또다시 위클렌트의 뺨을 때렸다.

위클렌트가 자신이 왜 뺨을 맞아야 하는지 이유를 모른다고 하자 레츠가 가차 없이 뺨을 때린 것이다.

처음과는 다르게 두 번째에는 현실감이 강하게 들었다. 위클렌트의 표정이 한순간에 달라졌다.

충성심이 강하게 표출되던 위클렌트의 분위기가 한순간에

돌변한 것이다.

"지금 네가 마음속에 품고 있는 것을 내게 보여 봐라."

위클렌트의 표정이 변하자 기다렸다는 듯이 레츠가 밑도 끝도 없이 꺼낸 말이었다.

"지금 제 마음속에 품고 있는 것을 말입니까?"

"그렇다. 하나도 가감 없이 내게 보여야 한다."

어려운 일이 아니었다.

위클렌트는 자신의 앞에 서 있는 레츠가 영주라는 사실도 잊어버렸다. 그저 지금 품고 있는 마음을 가감 없이 드러내고 있었다.

적의, 그리고 살의.

위클렌트의 감정이 소용돌이치며 레츠를 덮쳐 갔다.

레츠는 웃었다.

위클렌트는 그래도 기사로서의 마음가짐이 되어 있었기 때문이다.

"좋아. 아주 좋아. 만약 네가 나에게 적의를 보이지 않았다며 이 자리에서 내 손에 죽었을 것이다."

……!

레츠의 거침없는 발언에 또 한 번 놀랐다.

위클렌트를 죽이려고 했었다니. 직접 보고 듣고 있어도 믿을 수가 없었다.

"영주님. 대체 지금 무슨 일을 벌이고 있는 것입니까?"

"푸하하하! 내가 직접 눈으로 보여 주고 있지 않은가."

"무슨 말씀이십니까?"

란스 자작은 지금 미칠 것 같은 심정이었다.

레츠가 영주의 자리에 오른 이후에 많은 변화가 찾아왔다. 그것도 좋은 방향으로 흐르고 있었다. 그런데 오늘 레츠의 모습이 어딘가 모르게 이상했다.

평소의 모습이 아니었다. 언제나 자신들 앞에서 냉철한 모습을 잃지 않으려고 했었다. 하지만 지금 레츠의 모습은 미친 놈의 그것과 별반 다르게 보이지 않았다.

"내 행동이 이상해 보이는가? 하지만 나는 지극히 정상이다. 이상이 있다면 블랙윙 기사단이 이상이 있는 것이다."

"……."

아무도 말을 하지 않았다. 지금 레츠를 상대한다는 것 자체가 불가능한 일이었다.

"위클렌트는 나에게 두 번이나 뺨을 얻어맞자 나를 향해 가감 없이 적의를 보였다."

"으음."

위클렌트가 약하게 신음을 토해 냈다. 레츠의 말 한 마디에 반역 행위로 몰릴 수도 있었기 때문이다. 그런데 그의 생각과는 다르게 레츠는 전혀 다른 말을 꺼내고 있었다.

"만약 기사들 중 한 명에게 지금 위클렌트처럼 내가 다짜고짜 뺨을 때린다면 어떻게 할 것 같은가?"

"가만히 부동자세를 유지할 것입니다."

"그래. 그 말이 정답이다. 그런데 내가 다시 한 번 더 뺨을 때린다면 어떻게 될 것 같은가?"

레츠의 물음에 모두 그 상황을 떠올려 보았다. 과연 기사는 어떻게 행동할까 하고 말이다.

"두 번째까지도 부동자세를 유지할 가능성이 높다. 하지만 내가 세 번 연속 뺨을 때린다면 그 기사는 위클렌트와 다르게 나에게 무릎을 꿇고 살려 달라고 빌 것이다."

"비, 비약이 심하십니다."

란스 자작이 말도 안 된다고 말하고 있었다. 그러자 레츠가 란스 자작을 바라봤다.

"비약이 심하다고? 그럼 직접 확인해 볼까?"

"……."

직접 확인해 보자는 레츠의 말에 아무도 대답하는 이가 없었다.

죄가 없는 기사를 실험 상대로 삼을 수도 없을 뿐만 아니라, 정말 레츠의 말대로 무릎을 꿇고 비는 상황이 연출된다면 이보다 난감할 수 없었기 때문이다.

"아무리 내가 영주라도 해도, 아무런 잘못도 없는 상황에서 기사가 뺨을 맞았다면 반발하는 것이 정상이다. 그것이 주군을 바른길로 이끄는 기사이고 말이다."

레츠의 말에 그곳에 있는 이들이 전부 고개를 끄덕였다. 그의 말이 맞았기 때문이다.

"블랙윙 기사단에서 위클렌트처럼 나에게 적의를 보이는 자는 몇 명이나 될 것 같은가? 내가 생각하기에는 한 명도 없는 것 같은데 말이다."

"영주님, 말도 안 되는 소리입니다."

"맞습니다. 블랙윙 기사단이 마음에 들지 않는다고 너무 심하게 폄하하고 계십니다."

란스 자작과 테일 남작이 블랙윙 기사단을 편들자 레츠가 위클렌트를 바라봤다.

"자네도 그리 생각하는가?"

"저는 블랙윙 기사단을 믿습니다."

"믿는다고? 좋아 그럼 내가 현실을 직시하게 만들어 주지."

레츠는 그 즉시 또 다른 기사와의 대결을 시작했다. 란스 자작과 테일 남작, 그리고 위클렌트를 참관인으로 하고 말이다.

레츠와 대련하는 이들이 계속 늘어날수록, 참관인들의 표정이 굳어 갔다. 그들이 보기에도 기사들의 행동이 마음에 들지 않았기 때문이다.

블랙윙 기사단은 직접 상대해야 하는 레츠는 물론 뒤에서 지켜보고 있는 참관인들까지 눈치를 보고 있었던 것이다.

대결이라고 부를 수도 없었다. 이는 그저 검을 갖고 노는 장난질에 지나지 않았다.

몬스터랜드에서도 누구보다 앞장서서 용맹함을 드러내던

블랙윙 기사단의 모습을 찾아볼 수가 없었다.

레츠가 블랙윙 기사단을 싸잡아 모욕을 주던 이유를 이제는 알 수 있었다.

"위클렌트, 내가 너의 뺨을 때린 이유를 이제는 알고 있겠지?"

"그렇습니다, 영주님. 그리고 정말 죄송한 마음뿐입니다. 영주님이 믿고 맡겨 주셨는데 저는 그 믿음을 배신하고 말았습니다."

위클렌트가 레츠 앞에 무릎을 꿇었다.

"안녕하십니까, 영주님. 드블리라고 합니다. 잘 부탁드리겠습니다."

"레츠 크렌스피다."

레츠가 검을 자신의 가슴 앞에 세우며 드블리의 인사를 받았다. 블랙윙 기사단은 레츠의 손과 발이 되어 줄 자들이었다.

레츠가 아무리 블랙윙 기사단이 마음에 들지 않는다고 해도 그들을 예우해 줄 필요가 있었다. 그것이 아랫사람을 관리하는 비결 중에 가장 기본이었다.

"나를 상대함에 있어 전력을 다해야 한다. 그렇지 않을 시에 어떻게 되는지 잘 알고 있겠지?"

"물론입니다."

레츠와 가장 먼저 대결을 했던 기사는 지금 가슴에 큰 상처를 입고 요양 중이었다. 바로 대결에 최선을 다하지 않았다는 이유에서였다.

레츠와 대결을 벌이는 기사는 레츠를 찾아가기 전에 위클렌트를 만나야 했다. 그리고 정신무장을 단단히 하고 레츠를 찾아갔다.

드블리는 위클렌트가 하는 정신교육은 그저 시간 낭비라고 여겼다. 레츠가 영주라는 이유로 대결에서 봐주는 일은 절대 하지 않을 것이기 때문이다. 대결은 어디까지나 대결일 뿐이었다.

레츠가 진심으로 대결하길 원하고 있으니 드블리는 그것에 맞춰 주면 되는 것이다.

드블리가 먼저 선제공격을 시도했다.

레츠의 양 옆구리를 노리며 연속으로 두 번 검을 찔러 넣었다.

"좋은 공격이다."

레츠가 옆구리를 노리고 찔러 오는 드블리의 깔끔한 공격을 칭찬했다. 그러면서 몸을 오른쪽으로 한 번 비틀고, 이어서 왼쪽으로 한 번 비틀어 드블리의 공격을 피했다.

레츠가 자신의 공격을 간단하게 피해 버리자 드블리는 조금 놀라움을 표했다.

레츠는 그런 드블리를 다그쳤다.

"더 빠르게."

레츠가 보기에는 드블리는 아직 최선을 다하지 않고 있었다. 그저 움직임을 보는 것만으로 드블리가 최선을 다하고 있는지 파악할 수 있었다.

"조심하십시오. 다쳐도 저는 책임이 없습니다."

드블리의 말에 레츠가 웃었다. 블랙윙 기사단과 대결을 한 이후 처음으로 말이다.

레츠는 강한 공격을 원하고 있었다. 그럼 더 강한 공격으로 그의 기분을 맞춰 주면 된다. 드블리는 그렇게 생각했다.

부웅.

드블리가 레츠의 머리를 향해 검을 크게 휘둘렀다. 공기를 가르며 지나가는 공격이 매우 위협적이었다.

레츠는 그 공격을 허리를 숙이는 것으로 간단히 피해 버렸다.

"공격은 아직 끝나지 않았습니다."

레츠가 검을 피해 내자 드블리는 그 자리에 주저앉았다. 그러고는 검을 휘두르는 원심력을 이용해 레츠의 발목을 노렸다.

"너는 적에게 공격하는 순간을 알려 주나?"

"절대 그렇지 않습니다. 다만, 영주님이 확답을 주지 않으셨기 때문입니다."

"좋아. 내가 다쳐도 너에게 책임을 묻지 않는다."

"하하하! 화통해서 좋습니다."

드블리는 레츠가 재미있었다.

공격이 약하다고 화내고 있다. 공격하는 시기를 말해 준다고 화내고 있었다. 이런 배려가 싫다면 다음 공격부터는 하지 않으면 되는 것이다.

레츠 또한 드블리가 마음에 들었다. 영주인 자신에게 아무런 부담도 없이 그저 대결을 즐기고 있는 드블리가 마음에 들었다.

레츠가 발목을 노리며 날아드는 검을 뒤로 물러나며 피해냈다. 그러자 기다렸다는 듯이 드블리가 재차 발목을 노려 왔다.

한 번, 두 번, 세 번.

연이어 레츠의 발목을 노리다 한순간에 자리를 박차고 일어나 몸을 수평을 유지하며 옆으로 뛰어올랐다. 드블리의 몸이 커다란 원을 그리며 레츠의 옆구리를 파고든 것이다.

"오호."

레츠는 드블리의 반복되는 공격을 여유롭게 피하고 있었다. 그러다 생각지도 않게 공중으로 도약해 공격하는 드블리의 모습에 감탄이 터져 나왔다.

"하지만 약해."

감탄도 잠깐 옆으로 몸을 날리며 날아드는 드블리의 오른발을 레츠가 왼발로 강하게 차 버렸다.

뒤로 몸을 빼서는 드블리의 공격을 피할 수 없었기에 공격으로 강하게 부딪쳐 나간 것이다.

퍽!

오른발에 느껴지는 강한 충격과 함께 옆으로 몸을 회전하고 있던 드블리가 그 자리에 멈춰 버렸다.

"크윽!"

절로 신음이 터져 나올 정도로 상당한 고통이 수반되었다. 드블리는 믿겨지지 않았다.

레츠와 드블리의 체격 차이가 있었다. 힘에서 드블리가 밀릴 이유가 전혀 없었다. 그런데 지금 발끼리의 충돌로 드블리가 고통을 느끼고 있었다. 힘에서 밀렸기 때문이다.

드블리는 자신의 발과 레츠의 발이 충돌했는데 아픔을 느끼는 것은 자신뿐이라는 사실이 믿겨지지 않았다.

마나의 활용에서 차이가 있었기 때문이지만 드블리는 이를 알지 못했다. 얼마나 마나를 효과적으로 활용하느냐에 따라 파괴력이 달라졌던 것이다.

"언제까지 그 자리에 서 있을 거지?"

제자리에 앉자 오른발이 고통을 호소하고 있는 드블리의 어깨를 향해 레츠가 왼발로 찍어 내리고 있었다.

"헉!"

드블리가 깜짝 놀라서는 옆으로 몸을 굴려 레츠의 공격을 피해 냈다.

쾅!

레츠의 발바닥이 지면과 충돌하자 땅이 한순간 진동했다.

그 충격이 드블리에게까지 전달되었다.

드블리는 전신을 울려 퍼지는 짜릿함에 몸서리쳤다. 방금 전 공격을 허용했다면 생각하기도 싫은 결과를 초래했을 것이다.

레츠는 지금 믿을 수 없는 파괴력을 선보이며 드블리를 압도하고 있었다.

"이 대결이 실전이었다면 너는 이미 내 손에 죽었다."

"영주님은 적에게 공격하는 시기를 말해 주십니까?"

"재미있군, 그럼 계속하도록 하지."

드블리는 레츠의 공격을 허용하지 않았다고 말하고 있었다. 실전이라면서 레츠는 끝낼 수 있는 기회를 스스로 차 버렸던 것이다.

레츠와 대화하는 잠깐의 순간을 틈타 드블리가 자리에서 일어났다.

"하악. 하악."

드블리의 호흡이 거칠어졌다. 몇 번 움직이지도 않았는데 숨이 턱까지 차올랐다.

스스로는 의식하지 못했지만, 레츠의 존재감이 부담으로 작용하고 있었다. 그것이 체력소모로 이어지고 있었던 것이다.

레츠가 움직였다.

드블리와의 대결에서 더 이상 얻을 것이 없다고 판단했기에 빠른 시간 안에 대결을 끝낼 생각이었다.

레츠는 검을 드블리의 머리를 향해 휘둘렀다. 드블리가 놀라서는 뒤로 한발 물러서며 공격을 피했다. 그러자 레츠는 기다렸다는 듯이 그 자리에 주저앉으며 드블리의 발목을 노렸다.

'이것은.'

드블리는 땀으로 등이 축축하게 젖어 오는 것을 느낄 수 있었다.

'젠장. 젠장.'

드블리 자신이 공격했던 방법 그대로 레츠가 드블리에게 하고 있었다. 마치 공격은 이렇게 하는 것이라고 한 수 가르쳐 주는 것처럼 말이다.

레츠가 연속으로 드블리의 발을 노렸다.

한 번, 두 번, 세 번.

역시나 공격 횟수까지 똑같았다. 레츠가 세 번 연속으로 발목을 노린 뒤에 몸을 옆으로 회전했다.

'나를 무시하는 것인가.'

자신과 똑같은 공격패턴으로 압박을 시도하고 있었다. 이는 드블리에게 참을 수 없는 모욕으로 다가왔다.

드블리가 아예 대놓고 레츠를 향해 검을 휘둘렀다. 레츠가 자기와 똑같은 공격을 시도한다면, 이번 공격에 심각한 부상을 입을 수 있었다.

휙!

드블리의 검이 허공만을 가르고 지나갔다.

"뭐야?"

똑같은 공격패턴이라고 여겼다. 그런데 아니었다. 레츠는 마지막에 와서 드블리와 다른 공격 방식을 보여 주고 있었다.

레츠가 옆으로 몸을 회전하고 있는 것은 맞았다. 그런데 다리를 펴고 공격을 시도한 것이 아니라 무릎을 굽히고 동선을 최대한으로 줄여서 회전하고 있었다.

드블리는 그것을 눈치채지 못하고 레츠의 다리가 펴져 있다고 예상하고 공격한 것이었다.

레츠가 공중에서 한 바퀴를 회전하면서 드블리의 공격을 여유롭게 피해 내고는 검면을 이용해 드블리의 옆구리를 가격했다.

퍽!

묵직하게 울려 퍼지는 소리와 함께 드블리가 레츠의 공격을 견디지 못하고 바닥을 심하게 나뒹굴었다.

"너의 공격에는 강한 힘이 들어가 있지만, 대신 움직임이 너무 뻔하다. 앞으로 상대의 수를 읽는 연습을 하길 바란다."

드블리가 레츠의 공격에 기절하기 직전 전해 들은 말이다.

란스 자작이 웃음꽃이 활짝 핀 얼굴로 레츠를 바라봤다.

"영주님, 기사단과의 대결은 재미있으신 모양입니다."

"재미로 대결을 벌이지는 않는다."

"그렇습니까? 그런데 블랙윙 기사단은 전부 영주님과의 대결이 즐겁다고 하고 있습니다."

레츠는 블랙윙 기사단 전원과 돌아가면서 계속 대결을 벌이고 있었다.

블랙윙 기사단과의 대결을 벌이며 부족한 실전 경험을 쌓으려고 했었다. 그런데 이제는 실점경험이 아닌 블랙윙 기사단의 연습 상대로 전락해 버리고 말았다.

블랙윙 기사단의 마음가짐이 마음에 들지 않아 혹독하게 다그쳤던 것이 원인이었다.

레츠와 대결을 벌인 기사들 중에 몇몇의 실력이 일취월장하면서 생겨난 변화였다. 실력이 일취월장한 기사들은 그 공을 전적으로 레츠에게 돌렸다.

레츠가 대결이 끝난 후 부족한 부분을 조언해 주었는데 그것이 상당한 도움이 되었다는 것이다.

레츠는 드블리와의 대결 이후, 블랙윙 기사단 전원에게 부족한 점을 지적해 주었는데 개중 몇몇만이 레츠의 지적을 겸허히 받아들여 실력이 증가했다.

레츠가 하는 지적은 비꼬기 위한 마음이 없지 않았지만, 그래도 그들의 부족한 점을 정확히 지적해 주었기 때문이다.

"기사들이 즐겁다고 내가 즐거운 것은 아니지."

레츠는 요즘에 들어서는 기사들과의 대련은 의무적으로 한 번씩 해 주고 있는 실정이었다.

"영주님과의 대결 덕분에 블랙윙 기사단의 전력이 상승하고 있습니다."

"그건 다행스러운 일이지."

레츠가 고개를 끄덕이며 만족감을 드러냈다.

블랙윙 기사단의 썩어 빠진 정신 상태를 뜯어고치기 위해 혹독하게 다루었던 것이 생각지도 않게 블랙윙 기사단의 전력 상승을 이끌어 낸 것이다.

레츠는 블랙윙 기사단의 전력을 끌어올리기 위해서 많은 수의 종자를 모집했다.

3배 전력이기에 단순히 블랙윙 기사단의 숫자를 3배로 늘리는 것이라고 여겼다.

우스운 일이다.

단순히 숫자 놀음에 빠져 있었다.

블랙윙 기사단의 전력을 증가시키는 방법은 블랙윙 기사단의 실력을 상승시키면 되는 것이다.

레츠는 가장 간단하면서 확실한 방법을 제쳐 두고 숫자로 모든 것을 판단하려고 했던 자신이 우스웠다.

기사의 숫자가 늘어나면 늘어나는 대로 영지의 전력에 도움이 되는 것은 사실이었다. 그러나 겨우 익스퍼트에 들어선 이들의 숫자가 많아 보았자 거기서 거기였다.

물량공세에는 절대 당해 낼 수가 없다는 말이 있지만, 그것도 어느 정도 실력이 비슷해야 통용되는 말이었다.

예를 들어 블랙윙 기사단의 평균 실력이 익스퍼트 초급이라고 가정한다면, 기사단의 인원을 증가시키는 것보다 익스퍼트 초급에 머물러 있는 실력을 중급을 끌어올리는 것이 더욱 효과적일 수 있다는 것이다.

레츠는 이 같은 사실을 몇몇 기사들을 통해서 직접 경험할 수 있었다. 그들의 실력이 늘어나자 블랙윙 기사단의 평균 실력도 늘어난 것이다.

레츠는 그제야 알 수 있었다.

블랙윙 기사단의 전력을 증가시키는 또 다른 방법이 존재한다는 것을 말이다. 그때부터 실전 연습을 위해 해 오던 대결이 의무로 바뀌었다.

블랙윙 기사단의 정신을 개조하는 동시에 그들의 실력을 한 단계 끌어올리는 작업을 병행하고 있었다.

레츠 또한 블랙윙 기사단과의 대결에서 원래 목표였던 실전 감각을 쌓을 수 있어서 서로 만족하고 있었다.

†제11장†

에이미와 알렌

알렌 7년.

—내가 그녀를 처음 만났을 때의 그 충격은 아직도 잊을 수가 없다. 내 영혼에 깊이 각인되어 버린 그녀, 그녀만을 위해 살아갈 것이다.

"엄마! 엄마!"

"쉿! 피엘이 잠을 자고 있다."

눈을 똥그랗게 뜨며 입을 막고는, 자신은 절대 큰 소리 치지 않았다는 듯 점잔을 빼는 알렌의 행동에 투룬의 입가에 행복에 젖은 미소가 나타났다.

"엄마는 별채에서 백작부인을 돌보고 있단다."

알렌은 투룬의 말에 입을 막고 있던 손은 내리지 않고는 연신 고개만 끄덕였다.

자이엔느의 전속 하녀인 네티는 자이엔느보다 한 달 정도 빠르게 출산을 하여 크렌스피 백작가문의 영애인 에이미 크렌스피의 유모가 되었다.

에이미 크렌스피.

영광의 에이미라고 불리기도 하는 여인이다.

크렌스피 백작가문의 모든 영광은 그녀가 태어나는 순간부터 시작되었으며, 기사 중에 기사 알렌 경의 유일한 주군이기도 하다.

레츠와는 절대 공존할 수 없는 가치관의 차이로 많은 불행을 야기시키기도 하는 축복과 불행을 동시에 가지고 태어난 여인이다.

알렌은 에이미의 얼굴을 아직 본 적이 없었다. 에이미가 어떤 모습일지 호기심이 일었지만, 자신의 동생과 비슷한 시기에 태어난 그녀도 동생과 별반 다르지 않을 것이란 생각에 호기심 그 이상의 감흥은 없었다.

별채 뒷문으로 조심스레 들어간 알렌은 안면이 있는 하녀 누나에게 네티의 위치를 물으며 이곳저곳으로 돌아다니기 시작했다.

"이곳에 엄마가 있단 말이지."

알렌이 자신의 앞을 가로막고 있는 커다란 방문을 바라보며 말했다.

네티를 찾아 두 번이나 방 안으로 들어가 본 경험이 있었지만, 이곳은 언제나 알렌을 숨죽이게 만드는 무언가가 있었다.

알렌이 조심스레 방문을 열고 안으로 들어갔다.

쾅!

하늘이 폭발하면 이런 느낌일까? 최소한 자신이 죽기 전까지 다시는 이런 느낌을 받지 못할 것은 분명했다.

알렌은 그저 가만히 그 자리에 서 있었다. 아무런 말도 하지 못했으며, 어떠한 소리도 들리지 않았다.

그저 눈앞에 펼쳐진 암흑 속에서 유일하게 성스러운 빛을 뿜어내고 있는 그녀만 있을 뿐이었다.

자이엔느의 품에 안겨 잠을 자고 있는 에이미가 뿜어내고 있는 아우라가 알렌의 영혼을 단번에 사로잡아 버렸다.

알렌 10년.

—주위 사람들은 용병이 될 것이냐고 물어본다. 기사가 될 것이냐고도 물어본다. 무어라고 그들에게 답해 줄 수가 없다. 내가 왜 검을 들었는지는 나도 모르기 때문이다. 혹 그녀는 알고 있을까?

검을 들었다. 왜 검을 들었는지는 모르지만. 그냥 검을 들었다. 자신은 검술을 익힐 수 없다고 한다. 왜 그런지는 모르지만 검을 배울 수 없다고 했다.

알렌은 끝없는 절망감에 헤어 나올 수 없었다. 그런 그에게 검을 건네주는 이가 있었다.

"소영주님."

"검을 배우고 싶다고 했다면서? 이제부터는 나와 같이 수련하자."

어릴 적부터 친구가 없는 알렌에게 유일하게 손을 내밀어 준 레이진이 이번에도 어김없이 손을 내밀어 준다. 알렌은 친구이지만 절대 친구가 될 수 없는 레이진이 너무나 고마웠다.

"네티."

"예, 백작부인."

네티도 자이엔느가 원하기에 백작부인이라는 호칭을 사용하고 있었다.

"알렌이 종자가 되었다면서?"

"그렇습니다. 소영주님의 도움으로 위클렌트 경의 종자가 될 수 있었습니다."

자이엔느는 다행이라고 생각했다. 알렌이 기사가 될 수 있는 기회가 열렸기 때문이다.

알렌은 체격이 너무 왜소했다. 레츠의 어린 시절보다 더 왜소했다. 그래서 사람들은 알렌이 기사가 될 수 없을 것이라고 말했던 것이다.

"오늘도 어김없이 찾아오겠지?"

"그럴 것이옵니다. 하루도 빠짐없이 이곳을 찾아오니까요."

종자 생활의 일과를 마치면 알렌은 어김없이 에이미가 있는 그곳으로 발걸음을 옮긴다.

에이미가 잠을 자고 있는 방문 밖에서 문이 열릴 때까지 하염없이 기다리다 문이 열리는 잠깐의 시간 동안 그녀의 얼굴을 바라보고는 집으로 돌아가는 것이다.

"알렌. 영주님께서 방 안에 들어오는 것을 허락하셨단다."

자이엔느가 웃으면서 알렌을 바라보고 있었다.

알렌 12년.

—오늘 처음으로 그녀의 웃는 모습을 볼 수 있었다. 그녀가 웃는 모습은 말로 형용할 수 없는 찬란함이었다.

레이진은 시간이 지나면 지날수록 그 천재성에 사람들을 감탄시키고 있었다. 하지만 알렌은 또래의 아이들처럼 평범한 아이였다.

아버지인 투룬이 알렌을 불러서 조용히 타이른 적도 많았다. 유감스럽게도 너는 검에 소질이 없으니 검술 수련을 그만두라고 말이다.

알렌 또한 자신이 검에 소질이 없다는 것을 알고 있었다. 하지만, 그만둘 수가 없었다.

누군가가 끊임없이 검을 갈고닦으라고 말하고 있었다. 그러면 알렌이 원하는 그 무언가가 이루어진다고 속삭이고 있었다.

"아주 먼 옛날 한 왕국에 오로라 공주가 태어난다. 왕은 이 날을 축제일로 정하고 온 왕국은 기쁨에 들떠 있다. 프로라, 포나, 메리웨더 요정은 아기에게 한 가지씩 축복을 내려 준다. 프로라는 아름다움을, 포나는 고운 목소리를, 그리고 메리웨더가 영원히 행복하라는 축복을 내려 주려는 찰나 축제에 초대 받지 못한 데 앙심을 품은 악의 요정 멀레피센트가 나타나 '오로라 공주의 16세 생일날 악의 나라로 공주를 데려가 죽지도 살지도 못하게 만든다' 고 엄포를 놓고 사라졌다. 왕은 공주에게 닥쳐올 재앙을 막고자 나라 안의 모든 기사들에게 이 사실을 알리고 악의 요정을 물리쳐 달라는 요청을 한다. 나라 안의 모든 기사들은 악의 요정을 물리치기 위해 원정을 떠나지만 그 누구도 악의 요정을 물리칠 수 없었다. 시간은 흐르고 흘러 공주의 16세 생일 전날, 근처를 지나던 이웃 나라의 필립 왕자와 첫눈에 사랑에 빠진다. 왕은 왕자에게 모든 이야기를 전해 주고 왕자는 악의 요정과의 일전을 결심한다. 오로라 공주의 생일 당일 날. 악의 요정 멀레피센트가 나타나고 왕자가 맞서 싸우지만 역부족이었다. 이때 축복을 내려 주지 못한 메리웨더가 나타나 공주에게 영원히 행복하라는 축복을 내려 준다. 왕자를 사랑하고 있던 공주였기에 이 축복이 왕자에게도 영향을 미치게 된다. 왕자의 검에서는 금빛 찬란한 오러 블레이드가 나타나 단칼에 악의 요정을 처단한다. 하늘 위로 금빛 오러 블레이드를 치켜 든 왕자가 공주를 향해 기사의 맹세와 사랑의 맹세를 한 후 둘은 행복하게 살았다." 주)

알렌은 자이엔느가 읽어 주는 동화를 들으며 왕자가 공주에게 금빛의 오러 블레이드를 사용하며 했던 기사의 맹세 부분에서 '꺄르르' 거리며 웃음을 터트리는 에이미를 발견할 수 있었다.

에이미의 웃음은 알렌에게는 찬란함이었으며 광휘였다. 에이미의 마력에 알렌은 사로잡혀 버렸다.

알렌은 그제야 왜 자신이 검술을 수련하려 했는지 깨달았다.

'금빛의, 금빛의 오러 블레이드라.'

알렌이 자이엔느를 바라보며 말했다.

주) 잠자는 숲 속의 공주 패러디.

"제게, 제게, 백작부인의 영애를 저의 첫 번째이자 최후의 레이디로 모실 수 있는 영광을 주시겠습니까?"

알렌의 갑작스런 행동에 다소 당황했던 자이엔느는 그의 맹세를 어린아이의 치기로 여기지 않았다. 당당한 기사의 맹세로 받아들여 주었다.

"제 딸의 첫 번째 기사로서 알렌 경을 임명하겠어요, 물론 에이미의 허락이 필요하겠지만 말이에요."

알렌 14년.

—오늘 처음 그녀에게 무시를 당했다. 하늘이 무너지고 있다. 역시나 금빛 오러 블레이드뿐인가.

자이엔느 앞에서 맹세를 했지만, 알렌의 기사로서의 실력은 아직 한참이나 모자랐다.

또래의 실력보다는 좋았지만, 천재로 통하는 레이진을 따라잡으려면 한참은 더 있어야 했다. 몇 년이 지나도 따라잡을 수 있다는 장담을 할 수도 없었지만 말이다.

어느 날 알렌은 레이진을 찾아가 자신의 속내를 털어놓았다. 알렌의 나이 열한 살이 되었을 때였다.

알렌의 속내를 들은 레이진이 한참을 웃었던 것으로 기억한다. 뭐가 그리 웃겼는지는 모르지만, 그 후로 알렌은 레이진의 도움을 받을 수 있었다.

"마나를 느낄 수 있니? 느끼지 못한다고? 그럼 마나부터 느껴야지."

"마나를 느꼈다고? 이제는 마나홀을 만들어야지. 마나홀은……."

"마나홀을 만들었다고? 좋아, 그럼 크렌스피 백작가문의 마나심법을 가르쳐 줄게. 응? 그렇지, 아버지를 포함한 그 누구에게도 비밀이다."

삼 년. 정확히 마나심법을 익힐 때까지 걸린 시간이었다. 레이진도 언뜻 삼 년이 걸렸다고 한 것 같았다.

레이진을 제외한 그 누구도 알렌이 마나심법을 익히고 있는지 모르고 있었다. 특히나 크렌스피 백작가문의 마나심법을 익혔을 것이라고는 생각도 못할 것이다.

레이진이 소드 오러를 사용할 수 있게 되었다며 크렌스피 영지가 들썩였던 적이 있었다. 열세 살에 소드 오러를 사용하다니.

제국황제가 친히 레이진의 성취를 축하해 줄 정도였다. 언젠가 레이진이 알렌을 찾아와 그를 도와주다 깨달음을 얻었다고 했다.

드디어 알렌도 열네 살 무렵에 레이진처럼 소드 오러를 사용할 수 있게 되었다. 물론 다른 이들에게는 비밀이었다.

알렌이 소드 오러를 사용할 수 있다는 것을 알게 된 레이진이 어느 날 심각한 표정으로 알렌에게 한 말이 있었다.

"알렌! 너를 나의 기사로 만들고 싶다!"

"소영주님. 소영주님도 알고 계시지 않습니까. 저에게는 그녀가 있다는 것을 말입니다."

"알렌. 기사에게 레이디와 주군은 다른 거야. 여자를 기사의 주군으로 삼을 수는 없다고."

알렌은 오늘도 종자의 일과를 마치고 에이미가 있는 별채로 향했다. 에이미가 지내는 방으로 향하던 알렌은 하녀에게서 에이미는 피엘과 별채 뒷마당에서 놀고 있다는 소리를 들었다.

처음이었다.

에이미가 이 시간대에 방이 아닌 다른 곳에 있던 적은, 알렌이 찾아올 시간에는 언제나 방 안에서 기다리고 있었다.

피엘과 친구처럼 지낸다는 이야기는 자이엔느에게 들어서 알고 있었지만, 둘이 같이 있는 것은 자주 접해 보지 못하여 생소하게 느껴졌다.

피엘과 에이미가 별채 뒷마당에서 엄숙한 분위기에서 서로를 바라보며 무언가를 하고 있었다. 피엘의 손에는 어디서 구했는지 목검을 들려 있었다.

"나 피엘은 레츠 크렌스피 백작가문의 영애 레이디 에이미 크렌스피를 나만의 레이디로……."

더는 두고 볼 수가 없었다. 알렌이 앞뒤 가릴 새도 없이 순식간에 피엘에게 달려가 동생의 어깨를 발로 차 버렸다.

퍽!

피엘은 한참을 땅바닥을 굴러야 했다. 그런 피엘을 알렌의 시선이 놓치지 않고 좇아갔다.

하루가 멀다 하고 피엘에게 에이미의 첫 번째 기사는 자신이라고 세뇌를 시킬 정도로 주입해 놓았다. 그런데 피엘이 에이미와 친구라는 위치를 이용하여 알렌의 자리를 차지하려 하고 있었다.

에이미가 성인이 되기 전까지 금빛의 오러 블레이드를 사용하기 위해 얼마나 피땀을 흘리고 있는데, 그걸 피엘이 날름 가로채려 하고 있었다.

에이미의 성인식까지 기다릴 수 없었다.

레이진에게 받은 검을 꺼내 들고는 소드 오러를 일으키며 하늘을 향해 들어올렸다.

기사도 아니었다. 그렇다고 기사가 될 생각도 없었다. 하지만, 기사의 맹세가 필요했다. 에이미가 원하기 때문이다.

"나 알렌은 레츠 크렌스피 백작가문의 영애 레이디 에이미……."

기사의 맹세를 끝마칠 수 없었다.

에이미가 알렌을 바라봐 주지 않고 있었다. 알렌에 의해 저쪽 구석에 처박혀 있는 피엘을 걱정하며 자리를 벗어나고 있었다.

'역시 금빛의 오러 블레이드가 필요해.'

에이미 5년.

—나만의 기사를 만났다. 지금은 작고 볼품없어 주위에서 비웃을지 모르지만, 그래도 나만을 위해 살아가는 나만의 기사였다.

언제부터인지 모르지만 에이미가 스스로 자각을 하기 전부터 그녀를 위해 살아가는 기사가 있다는 것을 알게 되었다.

어릴 적부터 자이엔느에게 끊임없이 들었던 동화 속의 공주처럼 그녀만의 기사였다.

처음으로 바라본 그녀만의 기사, 알렌은 매일 저녁 하루도 빠짐없이 에이미를 찾아오는 네티의 아들이었다.

솔직히 말해서 처음에는 다소 실망했다.

그녀만의 기사가 이런 볼품없는 평범하기 그지없는 소년이라니, 그동안 꿈속에서 그리던 기사에 대한 맹목적인 믿음이 깨어졌다. 하지만 에이미는 언제나 알렌 앞에서는 무방비 상태가 되었다.

매번 무한 반복되는 일상 속에서 알렌을 만나는 시간은 언제부터인가 에이미에게는 그 누구의 방해도 받고 싶지 않은 그녀만의 시간으로 변했다.

자이엔느에게조차 방해받고 싶지 않을 정도로 에이미는 어느새 알렌에게 빠져들고 있었다.

그때부터였다.

네티의 다른 자식인 에이미보다 세 살 많은 유니와 에이미와 동갑인 피엘이 눈에 들어오기 시작한 것은 말이다.

처음에는 동성인 유니와 많은 시간을 함께했었다. 하지만, 유니는 알렌에 대해 알고 있는 게 그리 많지 않았다.

일 년도 지나기 전에 에이미보다 알렌에 대해 모르는 게 많아지기 시작했다. 하지만 피엘은 달랐다.

에미이의 갈증을 바로바로 풀어 줄 수 있을 정도로 알렌에 대해 빠삭하게 알고 있었다. 에이미는 자연스레 피엘과 가까워졌다.

"주위에서 알고 있는 형님은 빙산의 일각에 지나지 않아. 부모님도 그 깊이를 모를 정도니까. 혹 소영주님은 형님에 대해 나보다 조금 더 알고 있을지도 몰라. 좀 더 형님에 대해 자세히 알고 싶다면 소영주님에게 물어봐. 나보다 형님에 대한 소식이 빠를 테니."

"아니, 싫어. 레이진 오라버니는 나를 상대도 안 해 주시는 걸."

에이미가 도리질을 치며 피엘의 의견을 받아들이지 않았

다.

"흠. 그럼 어쩔 수 없지. 내가 알고 있는 모든 걸 알려 줄게. 대신 조건이 있어."

에이미와 피엘은 그들만의 거래를 통해 모종의 계약을 체결했다.

에이미의 사주를 받은 피엘이 알렌에게 꾸준히 접근하기 시작했다. 알렌이 가지고 있는 에이미에 대한 생각들은 피엘에 의해 속속들이 파헤쳐져 알렌 자신도 모르는 사이 에이미에게 전달되기 시작했다.

"형님이 하루에 몇 시간 동안 검을 수련하는지 아니? 무려 열네 시간 동안 수련하고 있어."

"정말?"

"응. 잠자는 시간과 밥 먹는 시간, 기사들의 종자 생활을 뺀 모든 시간을 검술 수련에 쏟아붓고 있지."

"그게 나를 위해서란 말이지."

에이미가 두 손을 맞잡고 감격에 겨운 표정으로 무언가를 생각하기 바빴다.

에이미 9년.

—오늘은 피엘을 통하여 예행연습을 하고 있었다. 하지만, 그 장면을 나만의 기사님에게 들키고 말았다. 아 이렇게 낯 뜨거울 수가, 쥐구멍에라도 숨고 싶은 기분이다.

“에이미, 놀라지 말고 잘 들어. 어젯밤 형님이 수련하는 장면을 볼 수 있었는데, 아 글쎄 형님이 소드 오러를 사용하기 시작했어.”

“정말?”

“응. 금빛의 오러 블레이드는 아니었지만, 소드 오러가 확실해. 소영주님이 사용하던 것과 똑같았어.”

“그럼 알렌 님도 레이진 오라버니처럼 천재가 아닐까?”

“천재인지는 모르지만, 노력의 대가인 것만은 확실해. 아직도 열네 시간을 수련하고 있는데도 수련시간이 부족하다고 말할 정도이니. 너 아직 형님이 수련하는 모습은 보지 못했지?”

“응.”

“너를 만난 후에 집에 와서 수련을 하는데, 얼마나 멋있는 줄 아니?”

“……보, 보고 싶어.”

몇 날 며칠 에이미의 성화에 못이긴 피엘은 단 한 번뿐이라고 그녀에게 맹세를 받아 낸 후에야 아무도 모르게 알렌이 수련하는 장소에 에이미를 데리고 갔다.

멀찍이 떨어져 알렌의 수련을 바라본 에이미는 자신을 위해 수련하고 있다는 생각에 두 손을 살포시 감싸 쥐었다. 그러고는 알렌의 모습을 두 눈에 아로새기기 시작했다.

"가자. 시간 됐어."

약속한 한 시간이 벌써 지나갔다. 에이미는 쉽게 발걸음이 떨어지지 않았다. 계속 재촉하고 있는 피엘이 얄미워 보일 정도였다. 알렌의 얼굴에 흐르는 땀을 손수건으로 직접 닦아 주고 싶었다.

"피엘! 피엘! 제발 부탁이야."

"말이 되는 소리를 해야 들어주지. 절대 그럴 수는 없어."

피엘은 하루 종일 자신을 쫓아다니며 황당한 부탁을 하는 에이미가 꼴도 보기 싫었다. 그렇다고 그녀를 벗어날 수도 없었다.

에이미의 눈을 피해 몸을 숨겨도 네티가 그녀의 부탁으로 자신을 찾아 돌아다닐 거란 사실을 알고 있었기 때문이다.

"진짜로 하는 것도 아니잖아. 맹세 의식에서 꼭 실수할 것만 같단 말이야."

"네 나이가 몇인데 벌써부터 걱정한단 말이야. 그리고 기사의 맹세에서 네가 할 일은 하나도 없어. 형님이 맹세를 하면 넌 '당신을 나의 기사로 받아들이겠습니다' 하면 끝이잖아."

"그게 얼마나 어려운 일이지 알아?"

"몰라. 아니, 알고 싶지도 않아."

"너 자꾸 이럴 거야. 유모에게 가서 다 이른다."

에이미를 무시하며 앞서 걷던 피엘이 잠시 주춤한다.

매번 이런 식이다.

에이미가 피엘에게 부탁한다. 피엘이 생각한다. 자신이 들어줄 수 있는 부탁인지 아닌지를, 가부를 결정한 피엘이 말해준다.

들어줄 수 있는 부탁이면 상관없지만 지금처럼 어이없는 부탁은 들어줄 수가 없었다.

거절한 순간부터 몇 날 며칠, 에이미에게 들들 볶이다가 결국 네티의 손에 넘어간다. 물론 에이미의 약간의 왜곡이 포함되는 건 물론이다.

처음에는 네티가 피엘을 좋게 말로 타이른다. 피엘은 이를 무시한다. 에이미의 말도 안 되는 부탁을 들어줄 수 없기 때문이다.

두 번째부터는 네티의 목소리가 약간 높아진다. 이것도 어떻게든 무시한다. 마지막에는 결국 매가 약이었다.

매에는 장사가 없는 것이다. 결국에는 에이미의 부탁을 들어주게 된다. 네티에게 밝힐 수도 없었다. 자신의 둘도 없는 친구를 천하의 말괄량이로 만들 수 없기 때문이다. 그리고 계약을 어길 수 없었다.

벌써 몇 번째인지 모르겠다. 에이미는 정말 만족을 모르는 여자이다.

"그만하자. 이제 형님 올 시간 다 되었어."

"피엘, 너 자꾸 쓸데없는 데 시간 낭비할 거야? 마지막으로 한 번만."

에이미 입에서 마지막이란 말이 열 번도 더 나왔던 것 같다. 정말 마지막이란 생각으로 피엘이 진지한 표정을 짓는다. 에이미 또한 이에 맞춰 분위기를 돋운다.

"나 피엘은 레츠 크렌스피 백작가문의 영애 레이디 에이미 크렌스피를 나만의 레이디로……."

쾅!

자기 앞에서 알렌을 대신해 기사의 맹세를 하던 피엘이 굉음 소리와 함께 땅바닥에 처박혔다.

어찌 된 영문인지 감을 잡지 못하던 에이미는 눈앞에 서 있는 알렌의 모습에 어찌할 바를 몰라 안절부절못하다 구석에 처박혀 있는 피엘의 모습이 눈에 들어왔다.

에이미가 얼른 자리에서 일어나 피엘에게 달려간다.

동반자인 피엘을 이대로 방치했다가는 후환이 두려웠다. 피엘은 자신이 없으면 좋다고 하겠지만, 자신은 피엘이 없으면 아무것도 할 수 없었다. 절대 피엘을 포기할 수가 없었다.

알렌에 대한 걱정은 필요가 없었다. 지금까지 피엘을 통해, 그리고 알렌과 직접 부딪쳐 알아낸 사실을 근거로 걱정할 필요가 없었다.

에이미는 알렌이 맹세를 할 것이라고는 상상조차 할 수 없었다. 알렌의 계획을 알고 있었으므로, 아직은 금빛의 오러 블레이드를 사용할 수 없다는 것을 알고 있었기 때문이다.

에이미는 저도 모르게 알렌의 맹세를 다음 기회로 넘겨 버렸다.

〈『크렌스피 사가』 제5권에서 계속〉

『작가의 말』

크렌스피 사가의 전반부인 '권력을 탐하는 아이' 편이 4권으로 완결되었습니다. 5권부터는 '영광의 에이미' 편이 시작됩니다.

지금까지는 레츠를 중심으로 사건이 벌어졌다면, 이제는 레츠의 분량이 줄어들고 에이미와 알렌의 분량이 늘어날 것입니다.

본격적으로 크렌스피 영지가 제국을 향해 커다란 야욕을 드러낼 것입니다.

레츠는 황제의 자리를 노릴 것이고, 에이미와 알렌은 그런 레츠를 견제하기 위해 노력할 것입니다.

서로 다른 가치관을 가지고 있는 레츠와 에이미의 다툼이 어떤 결과로 이어질지 기대하셔도 좋습니다.

그럼 크렌스피 사가 5권에서 만나겠습니다.

크렌스피 사가

1판 1쇄 찍음 2009년 4월 14일
1판 1쇄 펴냄 2009년 4월 17일

지은이 | 과 니
펴낸이 | 정 필
펴낸곳 | 도서출판 **뿔미디어**

기획, 편집 | 김대식, 허경란, 권지영, 심재영, 소성순, 장보라
관리, 영업 | 김기환, 김미영
출력 | 예컴
본문, 표지 인쇄 | 광문인쇄소
제본 | 성보제책사

출판등록 | 2002년 9월 11일 (제1081-1-132호)
주소 | 부천시 원미구 중3동 1058-2 중동프라자 402호 (우)420-023
전화 | 032)651-6513 / 팩스 032)651-6094
E-mail | BBULMEDIA@paran.com

값 8,000원

ISBN 978-89-6359-057-8 04810
ISBN 978-89-5849-916-9 04810 (세트)

※파본은 본사나 구입하신 서점에서 교환하여 드립니다.